日暮町風土記

永井愛

而立書房

日暮《ひぐれ》町《ちょう》風土記《ふどき》

■登場人物

堀江《ほりえ》　波子《なみこ》……学習塾を経営する　町並みくらぶ代表

山倉《やまくら》　一彦《かずひこ》……東京から来た男

清家《せいけ》　勝年《かつとし》……和菓子店「大黒屋」店主

清家　多鶴子《たづこ》……その妻

清家　光太《こうた》……その長男

水間《みずま》　不二男《ふじお》……みかん農園主　町並みくらぶメンバー

水間　力也《りきや》……その長男

二宮《にのみや》　明日香《あすか》……蚕種会社で働く　町並みくらぶメンバー

堀江　涼《りょう》……波子の姪

得能《とくのう》　すみれ……日暮町役場職員

1

日暮町本町通りにある、菓子店「大黒屋」の店舗。

広い土間に十二畳ほどの座敷が張り出した古めかしい造り。座敷の奥は襖で仕切られ、その向こうにも畳の間が続いている。

通りへの出入り口は土間にある格子戸。その脇には厨房の入り口が見えていて、その手前に今は使われていない井戸がある。

土間の上手は中庭に抜ける戸口。

座敷には、通りに面して格子窓がある。


十一月中旬の早朝。

店内は、すべての物が運び出され、がらんとしている。

座敷の床にポツンと残っている電話機。その傍に、酒瓶を抱えた光太が寝転がっている。

電話が鳴る。光太、大儀そうに立ち上がる。

いきなり襖が開き、パジャマ姿の勝年が顔を出す。

勝年　出るな！
光太　ほじゃけど、うるさかろが。（と、また電話に出ようとする）

勝年　出るな出るな！
光太　寝れんがなあ。うるそうて。
勝年　こがいなとこで寝るのが間違うとるがよ。電話がうるさいんなら、電話のないとこで寝えや！
光太　ぶち切ったれや、電話線！　気持ちええぞ、きっと。

　パジャマ姿の多鶴子、襖の奥から出てくると、一直線に電話に向かう。

多鶴子　（押し黙ったまましばらく聞いて）ちょっと、ほじゃけんそれ、おかしいと思いますらえ。ほしたら、私がお宅に乗り込んで、このカップラーメン捨てるな言うたら、先生、ありがたいんですか！　いいえ、おんなじです！　カップラーメンじゃて、百年もたったら文化遺産になるんです！　それじゃからゆうて、ボロボロに朽ち果てたこの家を……
勝年　（受話器を奪い）すいません。もしもし、あのう、ゆんべもお話ししたとおり、こちらも熟慮に熟慮を重ねた上での決断でして……
多鶴子　個人には、財産権いうもんがあるんです！
勝年　（多鶴子に）太い声出すなや。
多鶴子　（勝年から受話器を奪おうとし）財産権の侵害じゃて言うてやるがよ！
波子　（格子戸の向こうで）ほじゃけど、この家は私たちの文化遺産でもあるんです！

多鶴子と光太は驚いて戸口を振り返るが、勝年はまだ受話器に向かい、

勝年　なにせ、もう決まったことなんで、もう、いろいろ手配してしもとりますけん……

波子　まだ打つ手はありますよ！　簡単にあきらめないで、みんなで一緒にこの問題を……

多鶴子　（戸口に向かい）それが余計なお世話なんです！　だいたいが、みんなで考えて、何とかなったことありますか！

波子　今度は違うと思うがですよ！　今度は他ならぬ……

勝年　あれ？　（と、ようやく気づいて受話器を置く）

波子　他ならぬ大黒屋さんのことなんですけん！　清家さん、ちょっとだけお話聞いてくださいませんか！　清家さん！　（戸を叩く）

多鶴子　叩くと壊れますよ！　ボロっボロのボロ家ですけん！

多鶴子、言い切って襖の奥に去る。

波子　これは、私だけの気持ちじゃないんです！　きっとご町内の皆さんだって……

勝年　（少し迷うが）開けなよ（＝開けるなよ）……（と、襖の奥に去る）

波子　清家さん！　やってみましょうよ！　私もね、もう同じ展開はアキアキなのよ。たまには違う展開に……

光太　もう二人とも行ってしもたよ！
波子　あら、光太クン、ほんなら、開けてちょうだいよ！
光太　開けたらいけんて言われとるがよ！
波子　だったら開けなさい！　親の言うこと聞かん子でしょ！
光太　俺だって会いとうはないわい。
波子　じゃ、ますます開けなさい！　あんたの判断はいっつも間違うとるんだから！
光太　絶対、ぜ〜ったい、開けんけんな……

と、言いながら鍵を開ける。堀江波子が入ってくる。
手には携帯電話、髪の毛は寝癖で逆立ち、起きたまんま突っ走ってきたような格好。

波子　ありがとう……（見回して）なるほど、こういうことね。もうすっかり運び出したと……
光太　（波子を見て）よいよ、勇ましいなぁ……
波子　ほう？　髪でもとかそうかと思ったけど、この方が迫力あると思ってね。
光太　来たって無駄よ。
波子　来たって無駄よ。私もそう思いたい。そう思えたら来なくてすむ。来て、こんな思いをして、人に嫌われなくてもすむのにね。
光太　ほじゃけん、あきらめなはいって。

波子　ほじゃけん、それができなくて困っとるがよ。
光太　何でじゃろ。俺なんかすうぐにあきらめてしまうけどなぁ。
波子　いいことだよ。それが一番幸せに生きる方法だ。
光太　ほんなら、俺は幸せかぁ……
波子　私にも分けてよ、その幸せ。
光太　え？
波子　あきらめて、幸せに生きる方法を教えてよ。
光太　……
波子　私はキミの恩師だよ。少しは恩返ししたらどうながよ。キミのその、成長するにつれ身につけた、あきらめるコツを教えなさい。
光太　あさって来たらあきらめられるよ。もう、ブルドーザーが鎌首持ち上げて……
波子　あさって！　あさって壊すの！
光太　更地にせにゃ売れんけんな。
波子　あさって……
光太　あきらめた？
波子　私の顔をよぉくご覧。さっきよりギラギラしてないかい？　これはね、どんどんあきらめられなくなっとる証拠。あさってと聞けば、よりいっそう……親を呼びなさい、今すぐ！
光太　自分で呼んでや。上で寝とるけん。

波子　起きてるわよ。起きちゃったんだから。
光太　乗り込んだら？　きっと追い出してもらえるよ。
波子　（光太の身体をつかんで揺すり）あんたは、あんたはどうなんよ！　この家で生まれて、この家で育って、そこが壊されちゃうの、平気なの！
光太　平気よ、たいてい。壊れてみにゃわからんけど……
波子　（光太の傍の酒瓶を見て）楽しそうにやってるようだね？
光太　うん……
波子　明日香から聞いたわよ。光太は何にもしとらんって……
光太　何で明日香が知っとるが？
波子　そりゃ、いろいろ耳に入るんじゃろうね……

光太、ふいに立ち上がり、襖の方へ。

波子　光太クン……
光太　うるさいのぉ。いねや。

襖がピシャリと閉められる。波子、しばらく茫然とする。
開けられたままの戸口から、ひょいと顔を覗かせたのは山倉一彦。カメラをぶら下げている。

一彦　あのう……
波子　（気づかず）……
一彦　あのう、こちらの方ですか？
波子　はい、あ、いいえ……
一彦　え？
波子　こちらの方ではありません。
一彦　ああ。じゃ、こちらの方は？
波子　まだお休みのようで……
一彦　でも、戸が……
波子　戸を開けて、また寝たんです。
一彦　ほう……
波子　お呼びしましょうか？
一彦　いや、お休みなら……
波子　大黒屋さんはね、もうここではやっていないんです。国道沿いに新しい店舗を借りたそうで、ビルです、国道沿いの、田圃をつぶして建てた、でっかいビル。そこに住居と店を借りまして、近々そっちで開業するそうです。
一彦　（戸口の外に出て看板を確かめ）ああ、大黒屋ねぇ……

波子　ご存じないんですか？　このあたりじゃ有名なお菓子屋さんですよ。和菓子の大黒屋、知らんがですか？

一彦　すいません。僕はたまたま通りかかって……東京から来たんです。まぁ、お遍路さんをシャレ込んで。ところが、道に迷いましてね、いつの間にか、この町に……もう三日もここにいます。所々に、こういう素晴らしい家が残ってるもんですから、この家も、只モンじゃないなぁ……

波子　只モンじゃありませんか？

一彦　只モンじゃありませんよ。木造で、こんな古い建物がよく今まで……

波子　この母屋はね、文久元年に建ったんです。

一彦　文久元年！

波子　一八六一年。百四十年間生き延びてきたんです。

一彦　うわぁ……

波子　ぶっ壊されるんですよ、あさって。

一彦　えっ……

波子　あさって、この家は、地域と共に歴史を刻んだ、この文化遺産はぶっ壊されます。ガラガラガッシャ～ンと……

一彦　なぜ？

波子　（苛つき）ほじゃけん、国道ができて、そこに大型店が次々できて、もうこの通りじゃ商売にならんがですよ。煙草あります？

一彦　いえ、僕は……
波子　よかった。私、禁煙してるんです。
一彦　……
波子　で、あなたのご用は？
一彦　いや、こんなモン（カメラ）を持って出たもんですから、つい、写真を……
波子　ここを、撮りたいんですか？
一彦　でも、後にしましょう。おうちの方がお休みなんじゃ……
波子　（奥に向かい）清家さん！　お客様です！
一彦　（あわてて）いいですよ、出直しますから。
波子　（襖の向こうに入り込み）この家の写真を撮りたい方がお見えです！　この家は、只モンじゃない、我々の誇るべき文化だ！　せめて写真にだけでも残したいとおっしゃる方が……
一彦　（座敷に半身乗りだし）あの、後でいいですから……
波子　（戻って）写真、撮ってもよろしいです。
一彦　えっ、おうちの方は本当にいいと？
波子　私が特別に許可します。こういう緊急事態ですから。
一彦　あのう、あなたは……
波子　私はこの近所で塾をやってます。ここのグータラ息子を高校に入れてやったという、そういう多少のご縁があって……

一彦　はぁ、塾の……
波子　庭からいきましょうか。御成門はもう見ましたか？
一彦　いえ……
波子　もとは庄屋さんだったらしくて、御成門を造ったんですが、それが生意気だと藩主に叱られて左遷されたそうで……大黒様の飾り瓦は見ましたか？
一彦　いえ、気がつきませんで……
波子　あれがあるから、みんながここを大黒屋と呼ぶようになったんですよ。もう、肝心なところを見てないいんじゃけん……（と、行こうとする）
一彦　あの、いいんでしょうか？
波子　ええがよ！　どうせ壊すんですから。

波子、庭に出る。一彦、戸惑いながらついていく。
着替えた多鶴子とパジャマのままの勝年、襖の奥から出てきて、二人の様子を窺う。
庭からは、感嘆したような一彦の声と、解説する波子の声。
多鶴子、たまらなくなり、庭に出ようとする。

勝年　出るな出るな。
多鶴子　二へん言わんといて。（と、行こうとする）

勝年　行くな行くな！

多鶴子　二へん言うのやめてや！

勝年　お前がいっぺんじゃわからんけん、こがいな癖がついたがよ！

多鶴子　あんた、ホントは嬉しいがやろ？　ああいうことされるん、ホントは……

勝年　飯飯！

多鶴子　まだよまだよ！

勝年　何で何で！

多鶴子　（庭を指差し）ほやけんほやけん！

得能すみれ、通りから、腰をかがめて入ってくる。

すみれ　すいません……来ました？　波子先生……

多鶴子　庭におるで。見知らぬ男を引っ張り込んで。

すみれ　見知らぬ男……？（と、庭を覗く）

多鶴子　誰やろ、あれ？　町並みくらぶの新顔？

すみれ　見たことありませんけどねぇ……

勝年　よかろが。写真ぐらい撮らしてやれや。

多鶴子　ほれ、ちいと嬉しいがよ、この人。

勝年　誰もかも敵に回すこたないいうて言うとるがよ。こっちは商売やっとるんじゃけん。

多鶴子　ここ壊すん、ずうっと秘密にして、やりにくいいうたらもうありゃせん。波子先生に見つかったら、えらい目にあうのわかっとるけん、チョビチョビーッと鼠が饅頭齧るみたいな引っ越し方して。ようようあと一息じゃあいうとこまできたのに、どこで聞きつけたんか、あっ、あんたまさか……

すみれ　いえいえ、私は。でも、やっぱりどっかから漏れますよ、大黒屋さんがお引っ越しともなれば……

多鶴子　ゆうべじゃね。誰かがチクったん。そのとたんに、壊すな壊すないうて電話鳴らして、今朝もまだ寝とるうちから……

すみれ　うちにも朝かかってきましてね、これから大黒屋さんに直談判しに行くいうて……

多鶴子　何でそこで止めんがあ。

すみれ　止めましたよ。本人がそう言うんですもん。私を何とか止めてくれいうて。最近、そういう戦略に出るんですよ。私を止めろ、私をあきらめさせてくれいうて。で、止めますよね。ほしたら、何じゃその止め方は、止め方が悪い、ますますやる気になっちゃったじゃないかいうて、私のせいにして飛んでいくんです。

多鶴子　止めなはいや！　今からでも。

すみれ　ですが、よく考えてみると、私が止めるいうのもおかしな話ですよね。私、役場の人間でしょう。私が止めると、役場が止めたことになりはしないか？　町民の言論の自由をですねぇ……

勝年　そりゃ、すみれちゃんが無理することないわい。
多鶴子　見てや、この顔、これ、嬉してたまらん顔ながよ。
勝年　嬉しいわけなかろが！　この家を壊すいうて決心したんはワシぞ。（と、去りかけて）写真ぐらい撮ったってよかろうが……（と、襖の奥に去る）

多鶴子、すみれ、見送ったまま無言。
庭から、波子と一彦の声が近づいてくる。

多鶴子　頼むけんな。こっちに声かけさせんようにしてや。

と、襖を閉めて去る。入れ替わりに、波子と一彦が入ってくる。
隅にいるすみれに、二人はなかなか気づかない。

波子　そうそう、江戸末期にまず、庄屋の家として建ち、明治になって、銅山の持ち主に買い取られました。ここいらへんはいい銅が採れて、銅山の開発が盛んだったんです。大正になると、今度はお蚕さんの養蚕ブームです。それで持ち主が養蚕農家に変わり、昭和の初めに、生糸の値段が暴落して、それでまた持ち主が変わったんでしょうね。ここの、清家さんのひいおじいちゃんが、和菓子屋さんを始めたんです。

一彦　なるほど。この家は、そのすべてを見てきたと。
波子　ええ、日暮町の生きた産業経済史ですね。日暮町の歴史そのものです。
一彦　そう聞くと、ますます惜しくなりますね。何とか保存できないんですかね。
波子　何てことをおっしゃるんです。せっかくあきらめようとしてたのに、あきらめられなくなっちゃったじゃないですか。
すみれ　先生……
波子　あら、おったの？
すみれ　（曖昧に微笑んで）……
波子　ほんで、言いたいことは？
すみれ　それを今、考えとって……
波子　あ、（一彦に）この人、得能すみれさん。日暮町役場の、社会教育課の人です。（すみれに）こちらは、（と言いかけて、一彦に）すいません。あなたはどちらさんで？
一彦　山倉一彦です。え〜、旅行中の者です。
波子　（すみれに）だそうです。でね……
一彦　あの、あなたのお名前は？
波子　え、まだやったかしら？
一彦　ええ……
波子　堀江波子。ナミコのナミは、海のザンブリコの波です。

一彦　ザンブリコか。いいお名前ですね。
波子　あらそう？　（と、ちょっと微笑むが、すぐすみれに向き直り）でね、聞いたわね、今？
すみれ　は？
波子　この方が、壊すのは惜しい、何とか保存できないかとおっしゃったのを。どうもこれが、心ある人の普通のご意見のようなのよ。
すみれ　ええ、まぁ、そういう……
波子　（一彦に）この人ね、どっちつかずの言い方する名人なの。（すみれに）ほんでね、私はとうとう、この大黒屋を保存したいという意志を決定的にいたしました。すぐ町並みくらぶのメンバーと、署名、カンパ活動を開始します。大黒屋さんのことなんじゃけん、いつもとは集まり方が違いますよ。あなたは直ちに役場に向かい、社会教育課、企画課、事業課のオヤジたちに大黒屋の保存を訴えてください。本町通りのシンボル、大黒屋さんのことなんじゃけん、いつもは出ない予算だって……出ません。決して出しません。カンパも署名も集まりません。こうやって、年ごとに古い建物は消えていく。江戸時代の木造建築、明治のハイカラ建築、大正の芝居小屋、昭和の銭湯……みんな、惜しまれもせず消えていった。私はただ、最後の最後に、お別れの儀式として騒ぐだけ……

間。

すみれ　あのう、聞いてみましょうか……

波子　……

すみれ　役場にこの件、提案してみます。

波子　したって動くもんですか。

すみれ　でも、ここは文化遺産だけにとどまらないんですよ。大黒屋さんが潰されてしもたら、本町通りでギリギリ頑張っとる他のお店だって、気が抜けたようになるやろうし……

勢いよく襖が開く。

多鶴子　ちょっと、話が違うじゃろ！　あんた、どっちの味方なんよ。

すみれ　あ、もちろん、大黒屋さんと、それから町民の皆様と……

多鶴子　ここを壊すなと騒いどるがは、どこの町民の皆様よ。そこの先生と、町並みくらぶとやらの、二人？　三人？

波子　みんなだって本当はそう思ってますよ。大黒屋はこの町の人たちの心の財産なんです。みんな、小さいときから、この建物に馴染んで育って……

多鶴子　みんなじゃなんてまぁ、あなた、よそ者じゃありませんか。

すみれ　あの、清家さんに決してご迷惑はかけませんので、とり急ぎ役場の方に……

多鶴子　買うてもらえるが？

すみれ　そう急に結論は……
多鶴子　商業地域、二百坪、一億円越しますよ。
すみれ　まあ、あまり前例のないことではありますが……
多鶴子　そうよなぁ。おもしろやさんの取り壊しのときじゃって、この先生が騒いで、あんたが役場に走って、それでどうにかなったんじゃろか？
波子　ただあの、ここは本町通りですから。この通りの復興には、商工会も力を入れてますし……
多鶴子　それで、どがいぞなったんですか？　酒屋さんも、金物屋さんも閉店してしもたでしょう。うちも潰れるまで待っとけって言うんですか？
一彦　あのう、借りるってことはできないんですか？
多鶴子　借りる！　まぁっ、それより、何で何でこの人が……
波子　すいません。迷子になったお遍路さんで、さっき偶然……
多鶴子　迷子のお遍路さん！　ここを借りてくださるんですか？
一彦　いえ、私というより、町役場がせめて借りられないかと……
すみれ　それも、あまり前例がありませんで……
波子　じゃ、あんたは、いったい何を提案するつもりじゃったが！
多鶴子　売らなんだら困るんですよ！　新しい店じゃて、いつまでも高い家賃払えんがやけん。ここを売って、それで買うて……

勝年、パジャマを気にしながら出てくる。

勝年　壊して、売ります……こらえてください。

多鶴子　何で頭下げるがよ！　この人（波子）もこの人（すみれ）もダイエット中よ！　饅頭の一つも買いにこんで、ここは文化遺産じゃの、何じゃのと……

勝年　お前なぁ、大事なことと、どうでもえぇことと……

多鶴子　私はねぇ、パーマもかけんと、洋服だって買わんと、ほじゃってこの家にはお金がかかるけん。毎年修理の払いがどれだけ……

多鶴子、嗚咽をこらえて走り去る。

勝年　そんな訳でして、どうも、あいすみません……

波子　確かに私はこのところお饅頭も買いにこないで……

勝年　いえいえ……

波子　塾生の親御さんから、さいさいお菓子をもろうてしまうんです。

勝年　そりゃそうでしょうとも……

波子　本当にお恥ずかしい限りです。お店の売り上げに協力もせんで、のん気に伝統だの文化だのと……

勝年　ほんでも先生、毎年のお中元やお歳暮では、必ずご利用いただきましたし……

波子　そうよねぇ。それももう、十年来になるんじゃなかろうか？
勝年　そがいになりますかね？
波子　その数も一つや二つじゃありません。個人としては、かなりの数を毎年……
勝年　どうも、毎度……
波子　（一彦に）ここの「日暮の里」って和菓子は最高ですよ。桃山の生地に粒あんを包み込んで、その風味のいいことったら。「日暮香《ひぐれこう》」という餅菓子もなかなかです。シナモンがほんのり香って、とろけるような柔らかさ……
一彦　ほう……
波子　と、いろいろな方に宣伝もいたしましたし、振り返ってみれば、そう悪いお客ではなかったかも……
勝年　先生、今日はこれから残りの荷物を運び出しますんで、私はこれで……（と、立ち上がる）
波子　清家さん！
勝年　はい？
波子　間取り図はあるんですか？
勝年　間取り図？
波子　この家の間取りとか寸法を書いた絵図のようなものは？
勝年　さあ、見たことありませんが……
波子　じゃ、何の記録も残さないまま、これほどの家を壊すんですか！

勝年　そんなもん、今さらこっちで……
波子　私はね、本来こういうことは嫌いなんですが……（と、裸足になって土間に土下座し）私にこの家の実測調査をさせていただけませんでしょうか？　せめて取り壊しは、一カ月のお引き伸ばしを！
勝年　一カ月！　そりゃ無理じゃわい。もう解体屋頼んでしもとるがじゃけん。
波子　じゃ、三週間、三週間のご猶予を……
勝年　年内に売らんと、固定資産税の関係もあるし……
波子　じゃ、二週間！
勝年　いけんいけん、絶対いけん！
一彦　じゃ、一週間！
波子　ちょっと、競りにかけてんじゃないんだから……
すみれ　頼むけん、一週間！
波子　一週間じゃ無理よ。この家の全部の寸法測るがよ。
勝年　（かなり苦しんでいる様子）……
一彦　（勝年を煽るように）さあ、一週間、百四十年も生き延びた家が、たったの一週間！
勝年　ああ……もう……！（やけっぱちで胡座をかく）
波子　落札？　落札したの？
一彦　そのようですけど……

波子、急いで靴を履き、表へと駆け出す。

すみれ　先生、どこへ？

波子　町役場！　専門家を集めないと……（と、走り去る）

すみれ　それ、私が担当です！（と、追う）

間。勝年、ようやく立ち上がる。

勝年　あんた、波子先生の知り合い？

一彦　いえ、さっき初めて会ったばかりで……

勝年　何か知らんけんど、あんまり関わらん方がええぞな。

勝年、襖の向こうに去る。一彦、そのままいる。

2

翌日の昼下がり。店内には誰もいない。
通りにバイクの止まる音。水間力也が入ってくる。
力也、土間に明日香の靴を見つける。

力也　（襖の奥に向かい）ハーイー、おるかなぁ！　ハーイー！

二宮明日香、襖の奥から出てくる。

力也　やっぱり明日香ちゃんの靴じゃった。
明日香　何？
力也　何いうて決まっとろが。オヤジどこにおるがよ？
明日香　オヤジ？
力也　町並みくらぶの連中、今日ここに集まるがやろ？
明日香　オヤジ、来ないってよ。みかん採りで忙しいって。
力也　それが怪しいがよ。ひょいと見たらおらんがじゃけん。男手はワシとオヤジだけじゃいうのに、これじゃバイトのおばちゃんらに示しがつかんが。

明日香　来とらせんわぃ。本当に。
力也　まぁ、靴持って隠れるぐらいのことはすらいな。そいだけの覚悟なら。
明日香　探してみなはいや。だぁれもおらんから。
力也　コンテナにみかんがよぉけたまってのぉ。あれ、誰が運ぶんぞ……
明日香　泣いとる間に探しなはい。ここじゃないけんな、とにかく。
力也　波子先生は？
明日香　町役場行っとる。ちょっと遅いな……
力也　ほいたら、ホントに明日香ちゃん一人？
明日香　オヤジ、トイレタイムよたいてい。ご婦人方の前じゃ恥ずかしいけん、薮に分け入ったとかさ。
力也　明日香ちゃん、どこにおったが？
明日香　え……
力也　光太の部屋におったがやろ？
明日香　いますか、そんなとこ。
力也　昨日まで光太はここにおったとか、そんなこと思て。どこぞに落書きはないかしら、私の名前はないかしら、わっ、光太の匂い、とかいうて……
明日香　それはさぁ、単に自分のやりそうなことを語っとるだけだよね。
力也　明日香ちゃん、うちでバイトせん？　うち、けっこうサービスええいうてバイトさんに評判で。お茶とかおやつじゃて、まぁ、そこいらへんとは格が違うしのぉ……

明日香　私だって勤めがあるもん……
力也　あんなん、もう暇じゃろ？　いつ潰れるかわからんとこで……
明日香　早う行きなはいや。オヤジ、どっかで倒れとるかもしれんよ。
力也　時給ものぉ、明日香ちゃんなら、ワシがオヤジに交渉するけん。外がイヤなら、中でみかんの選別いうのもあるしなぁ……

明日香、ぼんやりと、窓の格子を触ったりしている。

力也　明日香ちゃん、今度なぁ……

庭の方から、ふらりと光太が入ってくる。
明日香と力也、驚いて見る。

光太　蔵の中で寝てしもた。じいちゃんによう閉じこめられたなぁ思たら、急に入ってみとなってなぁ。
力也　(明日香に) ほいたら、オヤジが来たらすぐ戻れいうて……
光太　忙しゅうてええのぉ。みかん、豊作ながやろ？
力也　豊作貧乏ぜ。生産調整入るし、値段は下がるし……
光太　俺も手伝いに行こかのぉ……

力也　マジ？　大歓迎よ。
光太　ま、気が向いたらな……
力也　ほうか、ほしたら、気が向いたらな……（と、行こうとする）
光太　お前なぁ、町並みくらぶに入れや。
力也　え？
光太　明日香口説きたいんなら、その方が手っ取り早いぞ。
力也　そんなんじゃないわい……

力也、愛想笑いして去る。だが、怒ったようなエンジン音。

光太　（覗いて）またバイク買い替えたんか……
明日香　新しいとこ、どう？
光太　え？
明日香　マンションで暮らしてみたいって、よう言ってたじゃない？
光太　妙な感じよ。ホテルに泊まっとるようなわい……
明日香　張り切らんとね。せっかく夢がかのたんだから……
光太　相変わらず、つまらんこと言うのぉ……

光太、座敷に上がり、天井などを見回す。

明日香 お店、手伝ってないんだって？

光太 おお……

明日香 パチンコばっかりやっとんじゃてね？

光太 ほうよ……

光太、だんだんと、明日香に近づく。
明日香、少しずつ距離をとって移動する。
光太、両手で素早く窓格子をつかみ、中に明日香を囲い込む。
明日香、挑戦的な視線を返す。睨み合う二人。
水間不二男が入ってくる。

不二男 （二人を見ても全く動ぜず）ああ、やれやれ、来たぞな～、あ～こりゃよっこらどっこいしょと……（と、座敷に腰掛ける）

明日香 （光太から離れ）今、力也君、来ましたよ。

不二男 読んどる読んどる、そがいなんはとっくに。ほやけんの、あ～、回り道をして来たがよ。（と、軍手をとる）

光太　明るい親子！
不二男　え？
光太　どこまでも明るいのぉ、みかんの花のように……

光太、土間に降り、通りへと出ていく。

不二男　ま、アイツよりは明るいぜっ……
明日香　波子先生、まだなんです……
不二男　今、妙な格好しとったね。ラブシーンのような喧嘩のような……
明日香　あの、光太さんが、何か知らんけど……
不二男　いけんいけん、ワシの身体はよいよ寝ぶたがっとる。ここで寝たらいけんぞ、おい……（と、土間に足を降ろしたまま、座敷に横たわる）
明日香　みかん、いいんですか？
不二男　いけなえ、これ、寝よったらいけんて……（と、寝ている）

一彦、通りから顔を覗かせる。今日はリュックを背負っている。

一彦　あのう……

明日香　はい？
一彦　波子先生、いらっしゃいますか？
明日香　いいえ、まだ町役場に行っていて……
一彦　そうですか……
明日香　あの、昨日の方ですか？　昨日、ここの写真を撮られた……
一彦　はい……
明日香　先生から聞きました。いろいろ、ご協力くださったそうで。
一彦　いえ、あれでよかったんだか……

不二男の鼾が聞こえてくる。

明日香　すいません、こんなんですけど、どうぞ……
一彦　（入って）じゃ、あなたも町並みくらぶの？
明日香　ええ、私とあと、この人が……私、二宮明日香と言います。この人は水間不二男さん。
一彦　山倉一彦です。どうも……

また、不二男の高鼾。

明日香　みかん農園をやってるんです。今、収穫期で、疲れとって……
一彦　ああ、段々畑がたくさんあった。
明日香　座ってください、どうぞ……
一彦　すいません。（と、座敷に腰掛ける）
明日香　もう、いろいろご覧になったんですか？
一彦　ええ、海あり山あり、古い神社やお寺もありで忙しい。今日は川に沿ってだいぶ歩きました。赤レンガの長い建物がありますね、倉庫のような、工場のような……
明日香　ああ、紡績工場の倉庫跡です。大正時代のものなんですけど、ここは昔、紡績も盛んで……
一彦　あそこらへん、赤レンガの塀も多くって、なかなかレトロな味わいですね。
明日香　ハイカラ好みだったんですよ。西洋建築の技法もいち早く取り入れたんです。
一彦　何とかって白い洋館も見ましたよ。玄関とか窓に、えらく凝った三角の屋根がついていて……
明日香　ギリシャ神殿みたいでしょう？
一彦　そうそう、なのに、やっぱり和風で……
明日香　明治の擬装洋風建築って呼んでるんですけどね。今は資料館になってます。
一彦　資料館？　開いてなかったけど……
明日香　あんまり活用されてないんです。
一彦　もったいないですよねぇ。すぐ脇にプラスチックのプランターが転がってたりして……
明日香　時々回って掃除してるんですけど……

一彦　町並みくらぶってのは、そういうこともなさるんですか？

明日香　もともとは、古い町並みをみんなで楽しもうって集まりだったんです。波子先生が呼びかけて、写真展やったり、ウォーキングやったり。でも、あんまり集まらないんですよ。みんなにとっては当たり前の風景に今さら価値を見出すって難しいでしょう。みんな、そんな余裕もないし。それに、保存運動なんかが入ってくると、ますますメンバーが減ってしまって。前は二十人ぐらいおったんですけど……

一彦　そうですか……

また、不二男の高餅。

一彦　面白いレンガも見ましたよ。緑のレンガ、赤レンガよりずっと大きい……

明日香　からみレンガです。銅を精錬するときにカスが出るでしょう。それをレンガみたいに固めて、ちゃんとリサイクルしてたんです。

一彦　そうか、銅山でも栄えたと……

明日香　からみレンガはあちこちにありますよ。そこの台所の竃《かまど》だって……（と、指差す）

一彦　ここ、台所だったんですか……（と、入ってみて）あるある。これはまた立派な……

明日香　銅山の事業家が住んだときに作ったんでしょうね。

一彦　（出てきて）じゃ、清家さんはついこないだまであれを？

明日香　いえ、ジャマになってたんじゃないですか。そこで和菓子を作ってましたから。
一彦　そうか、ここでねぇ……
明日香　木造の三階建ての建物は見ましたか？
一彦　ああ、あれにも驚いた。相当に古いでしょう。
明日香　あれは、明治の終わり頃です。大正時代にまた増築されて。
一彦　よく保存されましたねぇ。
明日香　（笑い）あそこ、現役の会社ですよぉ。
一彦　えっ……
明日香　私、あそこで働いてるんです。
一彦　これはまた、いや、あんまり静かだったもんで……
明日香　あそこにいるのは、お蚕さんの卵ですから。それを養蚕農家に出荷してるんです。昔は花形産業だったんですけど、もう県内ではうちだけで……
一彦　そうか、ぜひ続けてほしいなぁ……って、言うのは簡単ですけど……
明日香　「おやけ」はご覧になりましたか？
一彦　おやけ？
不二男　（突然起き）おやけいうのはなぁ、海運業を営んどった家の屋号です。木造の、そりゃあ立派な屋敷がまだ残っとりますけん。ここいらへんは天保年間から海運業も盛んでなぁ……
明日香　（食って入り）海に面してますでしょう。

不二男　（食って入り）船乗りの町じゃったんですよ。千石船でね……
明日香　（食って入り）いろんな物を運んだんです。
不二男　（食って入り）干し魚とか櫨《はぜ》の実とかね。
明日香　（食って入り）櫨、櫨が凄かったんよなぁ。
不二男　（食って入り）櫨の木知っとります？　櫨の実から、蠟が採れるんですよ。
明日香　蠟燭の蠟とかね、昔だからほら、髪のビンつけとか……
不二男　今でも櫨の老木が残っとります。
明日香　とにかく、この町は、県の産業界のリーダーだったんです。電灯が灯ったのも早かったし、銀行も早くにできて、この本町通りの商店も賑わって……
不二男　そがい自慢するなや。
一彦　いやぁ、楽しいですよ。若い人から昔話を聞かされるなんて新鮮で……
明日香　ホント、昔のことばっかりじゃ。今はあんまり自慢できない。もうこの町で元気なのはみかんだけ……
不二男　みかん！　みかんがたまっとる……
明日香　行ったら？　波子先生に言うとくから。
不二男　ほう？　来たいうて言うとってや。
明日香　うん……
不二男　（一彦に）ほいたら、ついでにご案内しましょうわい。

一彦　え、おこげを？

不二男　おやけです。

明日香　この方誰だかわかっとる？

不二男　迷子のお遍路さんながじゃろう？

一彦　そうなんですけど、いつまでも迷子になってるわけにもいかなくて。今日、ここを発とうかと……

明日香　そうですか……

一彦　波子先生によろしくお伝えください。

不二男　おやけ、どがいします。

一彦　じゃ、せっかくですから……

不二男　波子先生に来たけんいうて言うとってや。

明日香　わかっとる。

不二男　ほいたら、ちぃと歩きますけんな……

不二男と一彦、通りに出ようとする。
ぶつかるように、波子が入ってくる。

波子　誰か止めて、私を止めて！　また無謀なことをやりそうなんだから……（と、バッグからメジャーとノートを座敷に投げ置く）

明日香　これ……（と、メジャーを手にとる）
波子　実測調査、我々だけでやることになりましたから。町役場の協力は得られないそうです。
不二男　えっ、すみれちゃん、頑張ってくれんかったがかな？
波子　頑張ったがよ。いつもより二言ぐらい多かった。でもね、担当課長はいつも通りの返事です。前例がない。予算が組めない。法律にない。ね、だから私は、町並みくらぶだけで実測しようとしとるの。無謀でしょう？　誰か止めて。
不二男　そりゃ先生無茶ぞなぁ。こがいなことを素人だけで……
波子　町役場にだって専門家はいませんよ。プロを雇うには金がいるって断られたんですから。
不二男　町並みくらぶじゃて、金なんかありゃせんがな。
波子　だから我々でやろうって言うとるがよ。何じゃ、その止め方は。止め方が悪い！　どんどんやる気に……
明日香　人数が足りないってことはないですか。私たち三人だけじゃ……
不二男　しかもその一人はみかん採りと重なっとりますしなぁ……
波子　そうよね、動けるのは私と明日香だけなのよね……
不二男　それにですなぁ、明日香ちゃんは昼がパート、先生は夜が塾と、時間帯がズレとりますけんなぁ……
波子　そうだね、ズレてるよね……
不二男　ここはやっぱり……

波子　ここはやっぱり、貯金をはたいて……
明日香　先生！　町役場が組めないと言った予算なんですよ。
波子　東京から姪っ子を呼び寄せようか。あの子、フラフラしてるから……
明日香　高い梁にだって登るんですよ。先生、高所恐怖症でしょう？
波子　ま、恐がりながら登ればいいんだし……
不二男　正確に計るんなら、常時二人はおらないけませんぜ。
明日香　二人じゃ無理よ。記録する人がおらんと……
一彦　お手伝いしましょうか？
波子　あ……（と、やっと気づく）
一彦　よかったら、お手伝いしますけど……
明日香　今日、発たれるんじゃないんですか？
一彦　どうせ予定は狂ってますし……
波子　あなたはまた何という、これで完全にあきらめられなくなっちゃったじゃないですか……

通りから、勝年が入ってくる。

勝年　どんな具合ですか？
波子　ちょっと今、相談を……

勝年　町役場、いけなんだてね？　さっきすみれちゃんから電話があってなぁ……
波子　あの人、駄目の連絡は早いんだから……
勝年　ほしたら、やっぱり予定通りいかしてもらえんやろか。解体屋から、文句言われましてね。
波子　でも、私たちで測量することにしたんです。ですから、やっぱり一週間は……
勝年　あんたらでやるの！　そら無理じゃわい。こがいな複雑な家を……
波子　だから、今すぐ始めようってことになって。この方（一彦）も手伝ってくださるんですよ。（明日香と一彦に）奥からいきましょうか。素晴らしい欄間のある部屋から……

と、メジャーを持ち、襖の奥へ去る。明日香、ノートを持って続く。
勝年、一彦に困惑の目を向ける。

波子　（戻って）お遍路さん！（と、一彦を呼び、また去る）
一彦　（勝年に）どうも、たびたび……

と、座敷に上がり、恐縮しながら奥の方へ。

不二男　何で始まるが、こがいなことが、こがいなときに……
勝年　そりゃこっちの台詞じゃが！　はよ止めてや、できゃせんのじゃけん。

不二男　とりあえず、今日はみかんじゃ。（と、格子戸の方へ）

得能すみれが入ってくる。

不二男　町役場は何しよるんぞ！
すみれ　すいません……
不二男　町長の裁量でどうにかなる金、あろが！

と、出ていく。すみれ、頭を下げて見送る。

すみれ　波子先生、荒れとったでしょう。この靴の脱ぎ方……（と、波子の靴をそろえ）これ、誰の？
（と、一彦の靴を目にとめる）
勝年　昨日の男。
すみれ　お遍路、また来たが！
勝年　何か、手伝いなはるんと。
すみれ　やっぱり自分たちで実測するって？
勝年　無理よ、素人が一週間かそこいらで……
すみれ　延ばせんのぉ、解体？

勝年　いけんいけん！　それやったら、うちはもう離婚じゃけん。
すみれ　そこまではいかんでしょう……
勝年　わかっとらんね。あれはもうプチ噴火を繰り返しとるがよ。この土地の買い手じゃて、そう簡単には見つからんじゃろうし……
すみれ　売れんやろね、ここ……
勝年　そがいにはっきり言うなや！
すみれ　いや、売れるかもしれんけどね……
勝年　みんな、ワシにだけははっきり物を言うんじゃけん。出るとこ出たら言えんくせに……
すみれ　おるなぁ、言われっぱなしの人って……

二人、何となく顔を見合わせ、何となく並んで座敷に腰掛ける。

勝年　ダンナ、元気？
すみれ　うん、生きとる……
勝年　何じゃ、それ……
すみれ　あの人ねぇ、目ぇが魚に似てきたわ。生きとる魚の目じゃないんよ。スーパーに並んどる魚の目。開いとるのに見てないんよ。
勝年　冷静じゃけんのぉ、あの人……

すみれ　うん、噴火はせん……

奥から、一彦が出てくる。すでに、頭に手拭いを巻いている。

一彦　（すみれに気づき）あ……（と会釈）
すみれ　どうも……
一彦　（笑い）何か、手伝うことになっちゃって……
すみれ　すいません、お力になれませんで……
一彦　いや、波子先生もすみれさんは頑張ったとおっしゃってますよ。
すみれ　これ、波子先生に……（と、ハンカチを差し出す）さっき、忘れていかれて……
一彦　（受け取り）よかった、もう汗かいてます。
すみれ　ほしたら……

すみれ、足早に去る。

勝年　ああ、解体屋にどがい言うたら……
一彦　すいません。脚立ありませんか？　梯子でもいいんですけど……
勝年　そんなん向こうに運んでしもたが。

一彦　ご近所から、借りられませんかね？
勝年　ワシが聞くん？
一彦　私がいきなりっていうのもねぇ……
勝年　そういうのは、波子先生が……
一彦　そうでした。全く……（と、戻ろうとする）
勝年　どこ泊まっとるが？
一彦　日暮旅館です。
勝年　ああ、じいさんばあさんの。
一彦　いい方たちですねぇ。
勝年　いつまでおるが？
一彦　今朝おいとましたんですが、こうなったら、またあそこに戻ろうかと……
勝年　ああ……（と、苦しむ）
一彦　大丈夫ですよ。脚立、何とかしますから。
勝年　ワシね、暇なわけじゃないんよ。
一彦　わかります。開店のご準備はさぞかし……
勝年　だいたいね、今日ここに来たんじゃて……
一彦　そうそう、別のご用事ですよね。
勝年　それが、何で脚立を……

一彦　ですから、もうその件は……
勝年　もうっ……とってくりゃええんじゃろ！

と、出ていく。

一彦　すいません、お手数かけます、助かります！

波子、奥の間から出てきて見ている。
一彦、波子のハンカチを広げて見たところで、波子に気づく。

波子　それ、私の……
一彦　あ……（と、あわてて畳み）すみれさんが、今届けに……
波子　（こちらもあわてて）やだわ、グチャグチャでしょ。
一彦　いえ、あの、綺麗な柄だとつい……（と、差し出す）
波子　趣味じゃないんです、こういうの……（と、受け取る）
一彦　脚立、今、清家さんが……
波子　ええ。聞こえました。
一彦　揺れてますよ、あの人。解体、延ばせるかもしれませんよ。

波子　どうかしら。何だって、すべてはお金なんですから……
一彦　……
波子　すいません、すぐひねくれて。期待しそうになると、イライラするんです。後で、もっとがっかりするんじゃないかと……
一彦　そうなりますよね、こういう活動は……
波子　本当にいいんですか？　こんなことにお時間とって。
一彦　ええ、おジャマでなかったら……
波子　何だか不思議……
一彦　そうかなぁ……
波子　私も東京なんですよ。東京生まれで東京育ち……
一彦　やっぱり！　そんな気がしてたんです。東京、どこですか？
波子　阿佐ヶ谷です。
一彦　僕は中野だ。近いですね。
波子　中野の駅前、よくうろつきましたよ。
一彦　じゃ、どうしてこちらに？
波子　それが、こんなこと言っていいのか……
一彦　え？
波子　最初は旅行でした。まぁ、中年の人生リセット旅行ですね。

一彦　それ、お遍路さんですか？
波子　ええ。ところが道に迷って、この町に入り込んで……
一彦　……
波子　そのまま一週間。
一彦　一週間……
波子　気に入って、二十年。
一彦　二十年！
波子　あわてなくても大丈夫ですよ。あなたの場合とは違いますから。私はこんな騒ぎに巻き込まれなかったし……
一彦　僕も危ないかな……
波子　ま、そうならないようご注意を……
一彦　でも、よかったですよ、巻き込まれて。
波子　え？
一彦　たまには、こういうことがあったって……

3

翌々日の夜。店内には電灯が灯っている。
多鶴子、ポットと茶道具を持ち、通りから入ってくる。
ちょっと奥の間の方を見るが、声をかけるでもなく、座敷に腰かける。
少しして、明日香が奥の間から出てくる。

明日香　あ……
多鶴子　（見もせず）お茶持ってきました。今頃ですけんど……
明日香　ありがとうございます！　今ちょうど買いにいくとこだったんです。
多鶴子　すいませんね、ガス止めてしもて。
明日香　いいえ、こちらこそご迷惑かけて……
多鶴子　電気や水道も、もう止めにゃならんのですけど、そうもいきませんわねぇ。
明日香　すいません。その分のお支払いはこちらで……
多鶴子　そんな計算、面倒くそうてようせんわい。
明日香　それも、こちらで……
多鶴子　ほやからいうて、いらん部屋に電気つけとくこたないでしょう。ここ、今は使《つこ》てないでしょう？
明日香　あ、はい……（と、電気を消す）

多鶴子　今暗くしてどがいするん！
明日香　（電気をつけ）すいません。後で消します。
多鶴子　どんなですか、調査の方は？
明日香　いくらか調子が出てきました。もう初めはてんやわんやで……
多鶴子　波子先生、塾をお休みにしなはったって？
明日香　ええ、これが終わるまで……
多鶴子　そら生徒さんにも迷惑がかかるけんねぇ。受験を前にして……

不二男、みかんの籠を抱えて入ってくる。

不二男　やれ、来たぞな〜、あ〜こりゃよっこらどっこいしょと……（と、座敷に腰かける）
多鶴子　ご苦労さんです。
明日香　今、お茶をいただいて……
不二男　あらら、それはそれは。ほいたら、みかん持っていってや。一番ええとこ選んできたけん。
（と、取り出して並べる）
明日香　それ、何かに入れんと……（と、奥へ）
不二男　多鶴ちゃん、ふくれとるんじゃて？
多鶴子　あんたはいっつも機嫌ええなぁ……

不二男　口の端っこつり上げとくんが趣味なんよ。
多鶴子　（少し微笑んで）……
不二男　明日開店じゃろ？　うちからも花出しとったけん。
多鶴子　忙しいのに無理せんでええがに。
不二男　新しいとこ、ケーキ屋みたいでカッコええのぉ。
多鶴子　それで褒めとるつもり？
不二男　褒めとる褒めとる。たいてい風向きも変わるけん。
多鶴子　二へん言う人は信用せん……
不二男　ほしたら、これからは三べん言おか……（と、笑う）

　波子、一彦、明日香、奥から出てくる。波子と一彦は頭にヘルメット。

波子　すいません、お茶までご用意いただいたそうで……
多鶴子　いいえ、今頃間の抜けたことで……
明日香　（不二男に袋を渡し）電気、消してきました。
多鶴子　……
波子　手、洗いましょうか。せっかくだから……

波子、一彦、土間に降り、厨房へ。

多鶴子 真っ黒になりますでしょ。掃除も行き届きませんで。

波子 そんなことありませんよ。うちよかよっぽど綺麗です。

明日香 （茶道具を広げ）あら、お茶碗まである。お茶菓子も。

波子 まぁ、そんなに気ぃつかわんでください。

多鶴子 いいえの、自分のためにやっとりますから。あすこの嫁は何にもせなんだいうて後で言われとありませんけん。

不二男 言やせん言やせん……言やせん、三べん！

明日香 何言うとるの。（と、茶の支度をする）

波子 （出てきて）部屋に残っとるもんは、こちらで処分していいんですか？

多鶴子 処分て、壊すんですから、一緒に捨ててもらいますけん。

波子 あの、中には年代モンの道具なんかもありますでしょ。ああいうの、こちらでいただいたりしても……

多鶴子 どうぞ、お好きになさってくださいや。

波子 よかった。研究資料として町役場に寄付したいもんもありますから……

不二男の鼾が聞こえてくる。

明日香　またじゃ！

波子　ホントに和ませてくれますよ、この人は……

明日香　記録更新じゃないですか。これほど早いのは……

出てきた一彦も笑って見ている。

多鶴子　これで間に合うんでしょうかねぇ。

波子　東京から姪も呼び寄せました。インテリア・デザインの勉強しとるから、多少は役に立つと思うんですよ。何とか一週間以内には……

多鶴子　いつまでも一週間言われたら困ります。もう三日経っとりますからね。後四日でしょう？

波子　四日！　あの、それはどこから数えて……

多鶴子　先生が飛び込んでいらした日からじゃないんですか？

波子　え、私は最初の解体予定日からだとばっかり……

多鶴子　そんな、あの日一週間て言われたからには、あの日から一週間て思うでしょう？

一彦　ということは、十二日から数えて……

多鶴子　十九日です、解体は。

明日香　え〜っ！

波子　じゃ、今日も入れて四日間ですか？
多鶴子　そういうことになりますわねぇ。

また、不二男の高鼾。

明日香　（不二男に）起きなはいや、もう！
波子　後で相談しましょう。今はお茶をもろて……
明日香　はい……

明日香、皆に茶を配る。一彦も手伝う。
多鶴子、いきなり膝に顔を伏せるようにして沈黙する。
波子、一彦、明日香、その後ろで顔を見合わせる。
また不二男の高鼾。通りから、すみれが来る。

すみれ　どうかしました？（と、多鶴子を気にする）
波子　ううん、今、静かに休憩中なの……
すみれ　ああ……（と、何やら察し）これ、差し入れです。（と、紙袋を差し出す）
波子　ありがとう！　後のフォローはいいのよねぇ。

すみれ　それ、言わんといてくださいよ。（と、明日香に包みを渡す）
一彦　何かな、今日は？
明日香　魚肉ソーセージ。
一彦　おやなつかしい。
波子　この人のダンナ、そういう会社なんです。
すみれ　ハンバーグもやってますけど、それはまた今度……

また、不二男の高鼾。
すみれ、改めて多鶴子に目を移し、問うような視線を波子に向ける。
波子、後ろから多鶴子を小突く真似。みな、ちょっとだけ笑う。

波子　よし、ちゃんと休んで頑張ろう！（ゴロンと横になる）
一彦　そうそう、それがいい！（と、波子にならう）
すみれ　私も今日は手伝いますよ。
波子　サンキュー、期待しとった。
一彦　（寝たまま拍手する）
すみれ　（笑い）馴染みましたねぇ、お遍路さん。
一彦　ええ、運命を楽しんどります。

すみれ　今日ね、古い資料をあさってみたんです。この家のことないかなと思て。ほしたら、面白いのがありましたよ。ここの初代、庄屋さんだったでしょう。その女房が、駆け落ちしてるんです。
明日香　駆け落ち！
すみれ　うん。村の組頭《くみがしら》の小倅《こせがれ》と。
波子　へぇ、やってくれるじゃないの。
明日香　それ、捕まったら大変なんでしょう？
すみれ　そりゃ、御定書《おさだめがき》にもありますよ。「密通致し候の妻死罪」ってね。
明日香　小倅の方はええんですか？
波子　そうはいかんでしょう。相手は人妻で、しかも庄屋の女房ときちゃ……
すみれ　腹立つのはね、ここの庄屋がそもそも浮気モンで、あっちゃこっちゃの女に手ぇ出してたんですよ。そっちの方はお咎めなしで……
波子　男はいいことになってたのよ。相手が人妻でない限り。
明日香　ムカツキますすね。
波子　何百年もそうだったのよ。それ、おかしいって言われ出したの、やっと戦後になってからだもん。ムカつくわよねぇ？（と、つい一彦を見る）
一彦　はい……
すみれ　それでね、ただちに追っ手が差し向けられたんじゃけど、どこ探してもいないんですよ。二人を見かけた人はおるのよ。匿ってくれって頼まれたお百姓さんもいて。でも、家が小さいからって断ったんじゃて。また、いろんな人が、いろんなことを言うわけよ。今治の船場にいるんじゃないかとか、道後温泉に潜んどるんじゃないかとか。それで、はるばる船に乗って……

一彦　どういう人たちが探したんです？

すみれ　小者《こもの》って呼ばれとった、足軽以下の人たちらしいです。なぜかそこに、山伏と相撲取りも混じっとって……

一彦　山伏と相撲取り……

波子　妙な組み合わせじゃねぇ……

すみれ　どういう事情でそうなったんか……

多鶴子　（突然顔を上げ）山伏は道案内じゃろ。抜け道にくわしいけん……（と、また顔を伏せる）

一同、「ああ……」と戸惑いながら頷く。

一彦　しかし、相撲取りってのは……

波子　目立つわよねぇ、食費だって嵩むだろうし……

明日香　見つけたときに、取り押さえる係だったんじゃないですか。暴れたりしたときに……

不二男　（突然起き）いや、たぶん人脈ですなぁ。ご贔屓《ひいき》筋とか、聞き込みの折に人脈いるでしょ？

一同、また「ああ……」と頷く。

波子　ま、それなりに考えた人選だったんだ……
不二男　で、見つかったが？
すみれ　全く行方知れず。逃げおおせたらしいですわ。
明日香　やった！
一彦　何かホッとしますね。
波子　よかった、お化け出ないわね。
不二男　（あたりを眺め回し）おったんか、ここに、そがいなカミさんが……
波子　そうね、そのあたりに座っとったかもよ。
明日香　この窓からだって外見ましたよね？
不二男　そりゃ見たわい。彼氏のことなんか思うてのぉ……
明日香　彼氏だって来ましたよね、小倅だって？
波子　来たでしょう。そこ（戸口）から入って来たかもよ。
明日香　恋はここで芽生えたんですよね？
不二男　そうなんじゃろのぉ。みんながおる中で、隠れるように熱い視線をバチバチーッと……

一同、何となくため息……

一彦　この家、ぐっとなまめかしくなりましたねぇ……
多鶴子　（また顔を上げ）解体は変わりませんけん。
波子　さ、始めようか。

皆、立ち上がるが、多鶴子は動かない。

明日香　（多鶴子に）あの、お茶関係のもの、後でお返しに伺います。
多鶴子　そうですか。（と、動かない）
一彦　さ、やろうやろう……
すみれ　あ〜あ、我らは自由だ。

波子のポケットで、携帯電話のベルが鳴る。皆は波子を残して奥へ。一彦は気になって見ている。

波子　はい？　……　涼！　今どこよ。もうとっくに……はぁ、そりゃどうも本来行くはずのないとこだね。動かないでよ、今行くから。（切る）
一彦　姪っ子さん？
波子　迷子になったらしいんです。地図が読めんのは血筋じゃね。

と、土間に降り、通りへ出ていく。
一彦、奥に行こうとするが、

多鶴子 あの先生、離婚したんよ。
一彦 （立ち止まり）……
多鶴子 何があったか知らんけど、離婚してこっちに来たがよ。
一彦 （返事をすべきか迷い）……
多鶴子 （さらに積極的になり）東京じゃ、中学の先生をしなはっとったらしいわい。それもやめなはって……（だんだん独り言めいて）私と似たよな年頃やったろか。用もないのに知らん土地に来たりして。私はないなぁ。用もないのに、どっかへ行ったことなんか……

一彦、立ち去りかねている。
勝年が来る。

勝年 （多鶴子を見て）……
多鶴子 （立ち上がり）お茶出しときましたけん。
勝年 そんなことせんでえぇが……
多鶴子 ここの庄屋のおかみさん、駆け落ちしたんと。そのまんま行方知れずになったがと……

と、出ていこうとしてまた戻り、みかんの袋を持って出ていく。勝年、ぼんやり見送る。

一彦 あの、何か？

勝年 ああ、どがいぞな、進み具合は？

一彦 どうも試行錯誤が多くって。平面図はまだいいんですが、立面がうまく描けないんですよ。みんなそろって絵が下手で、とんでもない遠近法で……

勝年 そんなん、寸法だけとっときゃ、後で何とかなるでしょうが。

一彦 いやぁ、やはり図面に書き入れとかないと、厚みとか奥行きとか、後でゴチャゴチャになりますから……

勝年 ワシが後で説明するけん。ね、ワシが壊されるわけじゃないけん。

一彦 天井の骨組みなんて、ちゃんと把握してますか？ 住んでると意外に細かいとこ見ないでしょう。

勝年 写真を撮っときゃええでしょうが！

一彦 写真がまた大変なんですよ。天井なんか、いっぺんに入りませんからね。こう床に寝て、（と、床に寝て見せ）撮って、ずれて、撮って、ずれてと……（と、やって見せる）

勝年 実演して見せんでもええがなぁ……

一彦 （起きて）記録ってのはあなた、記念写真と違うんですから。どことどこが、どう関係し、どこにつながっているのかを……

勝年　後で見せりゃ、ワシがつなげてあげますけん……

一彦　あなたがわかったって駄目なんですよ。この記録は、町役場に展示してもらおうと思ってるんです。だから、みんなにわかるようでないと……

勝年　ワシね、こがいな話をしとる場合じゃないがよ。

一彦　ああ、何でしょう？

勝年　解体、一日早うできんかのぉ？

一彦　えっ、駄目よ、これ以上は。

勝年　これ以上て、縮めたように言わんでや。こっちは延期したんでしょうが。

一彦　誤解があったようなんですが、解体、十九日なんですか？

勝年　そこ、十八日にできんかなぁ？　解体屋がね、十九日は忙しいらしゅうて、十八日の方が都合がええと……

一彦　いけんいけん！　これ以上は一日も。

勝年　何であんたがいけんと言うの！　ここはワシのうちじゃろが！

不二男がくる。

不二男　波子先生、どがいしました？

一彦　今、姪御さんをお迎えに……
勝年　解体、十八日になったけん。そのつもりでやってくれや。
一彦　それまだ決定じゃないですよ。こっちは了承しておりませんから。
不二男　（一彦に）あの、ワシが話をつけときますけん……
一彦、物言いたげな様子で去る。

勝年　今日は一つの妥協もせん覚悟ながよ。ヨソもんにかき回されてたまるか！
不二男　まぁ、キイキイせずと……
勝年　何モンよ、あれは……
不二男　あんまり自分のこと喋らんらしいぜ。ただ道楽でやっとるんじゃと。
勝年　怪しいのぉ……
不二男　ワシの見たとこ、あれはよいよ、波子先生に気があるなぁ。カメラ下げて現れたとは、とんだ「マジソン郡の橋」よ。
勝年　お前、ちぃと目ぇが妙なぞ。
不二男　ちぃと艶《つや》めいた話を聞いたもんじゃけん。ここの庄屋のカミさん、駆け落ちしたがと。
勝年　それ、話題になっとるが？
不二男　すみれちゃんが調べてきたんよ。あ、すみれちゃん、来とるよ。

勝年　それが何。
不二男　続きはすみれちゃんに聞いてみたら？
勝年　解体、十八日に決定よ。お願いじゃないぞ。命令よ。

不二男、いきなり土間に降り、井戸の蓋を開けて覗く。

勝年　どがした？
不二男　庄屋のカミさんも、こうやって井戸を覗いたろうな……
勝年　……
不二男　そして思うがよ。ああ、いっそ飛び込んでしまおうか。いけんいけん、そがいなことしたら、あの人がどんだけ悲しむか。
勝年　最近の町並みくらぶは、そがいなとこまで踏み込むんか？
不二男　死を覚悟しての駆け落ちよ。命をかけた恋ぜ。そがいな人がここにおったいうのに、お前はよう平気で……
勝年　解体は十八日よ。ちゃんと伝えてくれんと困るよ。
不二男　ワシなぁ、告白するけど、一ぺんも恋をしたことがないんよ。
勝年　告白せんでもみんなが知っとる！　解体は十八日！
不二男　恋がしてみたいのぉ。どんな気持ちやろ。ときめいてみたいのぉ……（と、土間をうろつく）

勝年　（ついて回り）頼むぜ、しっかりしてくれや……
不二男　みかん採りのおばちゃんらにときめけたらええのにのぉ。おらんなぁ。だ〜れもときめかせてくれん……
勝年　おい、解体は十八日ぜ。聞いとるか、おい……

一彦が出てくる。

勝年　またお遍路が……
一彦　すいません、みんな心配していて……

すみれ、出てくる。明日香も後ろから覗く。

すみれ　カッちゃん、頼むけん。たった一日いうたって、こっちには大きいんじゃけん……
勝年　こっちの一日じゃって、ふだんの十倍はするわい！
すみれ　今ね、カッちゃんが姉ちゃんと背比べした柱見つけた。
勝年　ああ……（と、苦しみだす）
すみれ　十五でやっと追い越したがじゃね。ああいうのも残しておきたいわい……
勝年　もうっ……（と、さらに苦しむ）

不二男　もうっ、そんなこと言われてみたい……
勝年　もうっ、毎日何しに来とんじゃろ……

と、出ていく。

すみれ　お黙り！
明日香　すみれさん、演技派よねぇ！
すみれ　落札ですわ。たぶん……

すみれ、やや複雑な顔で奥へ去る。明日香も続く。
一彦も戻ろうとするが、ボーッと座ったままの不二男が気になる。

一彦　皆さん、始めるようですけど……
不二男　ハイハイ、行きます。（と、立ち上がる）

波子が戻ってくる。

波子　もうっ、聞いてください。史上最大の迷子ですわ。こんな近くに来とるくせして……

一彦　見つかりませんか？
波子　おまけに携帯が電池切れです。あの子の番号、ここに入っとるのに……
一彦　地図持ってるなら大丈夫でしょう。
波子　油断はなりませんよ。あの子、現実の建物に合わせて地図を見るってことしないんだから。そのときの気分でこっちから見たり、あっちから見たり……

波子と一彦、人の気配に振り返る。
すぐ後ろに、不二男の興味深げな顔。

不二男　（スーッと奥の間の方へ行きかけて振り返り）あっちはワシがしっかり監督しときますけん、お二人はごゆるりと相談してくださいや。史上最大の迷子ですけん、どうぞごゆるりと……

と、不思議な微笑みをたたえて去る。

波子　目がうるんどった……
一彦　駆け落ちの話に当てられたんじゃないですか？　恋がしたいなんて言ってるのが聞こえた。
波子　ヤバイなぁ……
一彦　明日香ちゃんも弾んでますよ。壁をなめ回さんばかりの勢いで……

波子　すみれちゃん、一生懸命調べてきたのね。何かこの家に歴史的価値を見つけようとしたんだわ。保存の対象になるような。
一彦　駆け落ちじゃ駄目ですか。
波子　（笑い）お尋ね者の家じゃあね。
一彦　でも、みんな元気が出た。
波子　私、すみれちゃんにひどいこと言ったわ。どっちつかずの名人だとか……
一彦　あれは、あの時点のことなんですから……
波子　あれだけじゃないんですよ。町並みくらぶを始めて以来、どれだけひどいことを言ったか……
一彦　そういうのは、今反省したって……
波子　そこで、清家さんの御主人とすれ違ったわ。ずいぶん向こうからお辞儀するなぁと思ったら、ただ前のめりになって歩いてたんです。あんな凄い前のめり、あれも私のせいなのよね。さっきのみかんのおじさんにだって、そりゃあもう罵倒の限りを……
一彦　みんな先生が好きなんですよ。
波子　先生だなんて言わんでください。こんな恥知らずの鬼のような……
一彦　甘いモンでも食べましょうか……（と、多鶴子の持ってきた菓子袋を探る）
波子　心配しないでくださいね。こうやって、時折猛反省して、立ち直るんです。そしてすぐ忘れて、またひどいことを……
一彦　（取り出し）豆板だ！　なつかしいなぁ……

波子　割れてるわ、クズをかき集めてきたのね。じゃなくて、割ってくださったんだわ。食べやすいように……

一彦　さあ、似合わないこと言ってないで……（と、カケラを差し出す）

波子　奥さん、長いこといましたねぇ……

一彦　ああ、気持ちを持て余してるんでしょうね……

波子　あれも私のせいなんだわ。なのに、こんな粉々の豆板を持ってきてくださって……

一彦　ほら、歯が浮いたようなこと言ってると、豆板は噛めませんよ。（と、カケラを渡す）ちょっと根性いりますから……

二人、そろって豆板を齧る。

一彦　うん、うまいわ、ここのは……

波子　あの暗い夫婦がよくこんなおいしいものを……削除。

一彦　それ名案じゃないですか。言いたいだけ言って、削除すればいい。

波子　明日香なんかはね、この味がわからないんです。あれは味オンチで。削除。

一彦　今のは削除するほどじゃない。

波子　歯はお丈夫ですか？

一彦　だいぶガタがきてます。

波子　私もです。

二人、何となく笑う。

一彦　豆板って、いつ頃からあったのかなぁ……
波子　江戸時代からありましたよ。文化文政時代から。
一彦　じゃ、庄屋のカミさんも食べましたかね？
波子　食べたかもしれませんねぇ……
一彦　小倅と食べましたかね？
波子　そう言われると、駆け落ちの味が……
一彦　そうねぇ、砂糖の甘さを豆が許しちゃくれないんだ。
波子　豆が世間ですか。
一彦　豆板ってのは……あんまり好きじゃなかったんです。悪い例えにも使うでしょう。舗装現場なんかで、聞いたことありません？
波子　いえ……
一彦　コンクリートが行き渡らなくて、砂や砂利が浮き出てしまうと、「こりゃ豆板だ」なんて言うんだそうです。
波子　それ、豆板に似てるから？

一彦　そうそう。この砂糖で固めた部分がコンクリートで、中の大豆が砂利なんです。
波子　何だか食べにくくなってしまったわ。
一彦　あ、いけませんね。せっかくの駆け落ちの味を……

奥から出てきた明日香、声がかけにくく、また戻る。

一彦　そろそろ、明日香ちゃんが呼びにくるんじゃないかな。誰かさんが寝てしまいましたって。
波子　まずいわぁ、さぼってるとこ見つかると……
一彦　行きますか？
波子　そうしましょう。

二人、そろって奥へ去る。
通りから、堀江涼が入ってくる。夜なのに、サングラス。迷子の疲れで不機嫌なのか、声もかけずに座敷にぐったり腰を降ろす。

涼　（サングラスをとって、あたりを見回し）きったね〜……

4

翌日の午後。

多鶴子、ポットと茶道具を抱え、通りから入ってくる。

座敷の隅に茶道具を置こうとするが、思い直し、井戸の蓋の上に置く。少し奥を見つめて、そのまま去る。

奥から涼が出てくる。追って、波子。

波子 涼……
涼 （立ち止まり）……
波子 やりにくいのはわかるけどさ、明日香だって気ぃつかってるのよ。
涼 涼に説明するなって言ってくれる？ これは虫籠窓《むしこまど》だとか、これは海鼠壁《なまこかべ》だとか。そんなの涼、知ってるわよ。日本建築っての、ちゃんと授業でやるんだから。
波子 でもさ、こういう関わり方することって、そうないでしょう？ 生きた勉強しとくと後で強いよ。
涼 涼は明日香さんと組むのイヤ！ 波子おばちゃまと組みたい。
波子 急に変えるのまずいわよぉ。今日一日我慢してよ。
涼 あの子、涼の測ったとこ、もう一回測り直してんのよ。そんなに信じらんないなら、一人でやればいいじゃない。

波子 だってあんた、何度も目盛りを読み違えて……

涼 暗いんだもん！　こんな暗いとこでやることじゃないわよ！

波子 だから、これを活用しなさい。（と、紐でぶら下げた懐中電灯を引っ張って見せる）

涼 お遍路のオヤジがうるさいんだもん。涼がこれをつけとくと、「いらないときは消しましょうね」なんて言うんだもん！

波子 いらないときにつけちゃ駄目よ。ご予算少々でやってるのに。

涼 あのオヤジ、どっかで見たことあるような気がする……

波子 え……

涼 あのニ～ッとした笑い方、どっかやなとこで見たような……

波子 いい加減なこと言わないでよ。あんた、インテリア・プランナーになりたいなら、もっと人と協力できなきゃ……

涼 涼は図面だって引けんのよ！　何で変な人たちに指図されなきゃなんないのよ！

一彦が出てくる。

一彦 （涼に）あの、電池は予備がありますんで、どうぞご自由に……

涼 そんなこと言ってんじゃありません。（と、土間に降りる）

波子　どこ行くの？
涼　お昼、あんまり食べなかったから……

と、出ていく。

波子　すいません。かえってかき回すばっかりで……
一彦　まぁ、だんだんと慣れるでしょう。
波子　あの子、わかってんのかしら。あと三日しかないのに……
一彦　何とか母屋は今日中に終わらせましょう。あと、蔵が二つありますし……
波子　そうね、嘆いてる場合じゃない。（と、戻ろうとする）
一彦　あの、明日香ちゃんが泣いておりまして……ちょっと近づけない雰囲気です。
波子　ワォ……
一彦　涼さんが出てった後、急激にドドドッときまして……

二人、閉口した顔を見合わせる。
表にバイクの止まる音。

力也　ハ〜イ〜、おるかなぁ！（と、入ってくる）

波子　おらんよ、お父さん。

力也　それが怪しいがよ。ひょいと見たらおらんがじゃけん。（奥に向かい）オヤジ！　出てこいや！　今日という今日は騙されんけんな！

明日香、泣き怒りしながら出てくる。

明日香　お宅のオヤジは来たって役に立たんわい！　すぐにグーグー寝てしもて、足手まといになるだけよ！

力也　どがいしたん……（と、圧倒される）

明日香　オヤジなんか来とらせんわい！　探してみなはいや！　だぁれもおらんから！

波子　（あわてて）明日香ちゃん、ちょっとあなた休みなさいよ。

一彦　（あわてて）そうだね、お茶でもいれましょうか……

波子　お茶って、どこに置いたっけ？

一彦　あそこじゃないかな、屋根裏じゃ……（と、取りに行こうとする）

力也　お茶ここにありますよ。（と、井戸を指差す）

波子　あら、じゃまた持って来てくれたのかしら……

明日香　（茶道具を睨み）勝手な時間に持ってきて、しかも、わざとわからんようなとこに置いて……

波子　ありがたいことじゃないの。今日はいよいよ開店なのに……

と、取りに降りる。力也、手伝って茶道具を座敷に運ぶ。

波子　（力也に）いいわよ。あなたはお父さんを探さないと……

力也　ここで待たしてもろてもええでしょうか？　こないだのこともありますけん……

波子　大丈夫なの、みかんの方……

力也　テキは時間を読んどるかもしれん。ワシが帰った頃に来るつもりで……

明日香　来たってこっちが追い返すけん！

一彦　明日香ちゃん、座ったら？

波子、一彦、協力して茶をいれる。

通りからすみれが来る。

すみれ　休憩ですか？

波子　うん、ちょっと……

すみれ　（力也に）あんた、ここにおってええの？

力也　はい、ちょっと……

一彦　お父さん探しです。

すみれ　ああ……

波子　あなたこそいいの？　勤務中でしょ。

すみれ　「公民館だより」の取材でそこまで来ましたから……

波子　記事書くのも大変やねぇ。

すみれ　それより、これ……（と、持ってきた紙袋を取り上げる）

一彦　おっ、今日は何だろ……

すみれ　あの、差し入れじゃないんです。昨日納戸で見つけたカンテラ……（と、取り出す）。調べたら、やっぱり銅山で使ってたものらしいんです。

波子　じゃあ、明治の終わり頃？

すみれ　ええ、ここを買った銅山の経営者は、すぐに洋館を建てて引っ越してしまって、その後ここは飯場になったんですって。銅山で働く坑夫たちの。

波子　へえ、坑夫たちがここで寝泊まりしてたんだ。

一彦　そりゃ凄かったろうな、真っ黒になった男たちが……

すみれ　巻きゲートルにピッケル下げてねぇ……

力也の鼾が聞こえてくる。

明日香　親子じゃ……

すみれ　それでね、ここにある名前、（と、カンテラの底を示し）林亀三郎、やっぱり銅山の坑夫だったんですけど、ちょっとやってくれてますよ。
波子　何よ、何かでかいことやった？
すみれ　かなりでかいんじゃないですか。打瀬船《うたせぶね》っていう、ちっちゃな帆船で太平洋横断したんですもん。カナダに上陸したんです。
明日香　太平洋横断！
波子　ああ、何かで読んだことある。ここらへんね、明治の後半から大正にかけて、そういう若者がけっこういたのよ。
すみれ　みんなが成功したわけじゃないんでしょう？
明日香　そうよ。十三メートルたらずのちっちゃな漁船ですもん。うまくいっても五、六十日かかるんだって。磁石だけが頼りなのよ。台風に出くわして沈没しそうになったり、食べるモンもなくなったりで……
波子　（カンテラを見つめ）ようやったね、亀三郎。
一彦　でも、銅を掘ってたんでしょう？　船の操縦できるんですか？
すみれ　浜の漁師をそそのかして、一緒に行ったんです。おうおう、やってやろうじゃないかって、イキのいいあんちゃんがいっぱいいたんですよ。
波子　海の向こうで一旗揚げたかったのねぇ……
明日香　おらんなぁ、もうこの町にそういう男は……

力也　（突然起き）そんなのちっとも偉うないわい。そんなの掟破りの密航者よ。この町を捨てて逃げ出したんじゃけん。
明日香　亀三郎はきっと、どん詰まりの状態に置かれとったんよ。このままではいけんと、行動を起こしたんよ。何にもせんと、た〜だウジウジしとる男よりよっぽどマシよ！
力也　ワシは認めん。この町で頑張り通すいうのが、真の男のやることよ。
波子　まぁ今は、みかんで頑張っとるええ男もおるけんねぇ。
一彦　名誉町民ぐらいになってもいいよなぁ……
力也　えっ、ワシ？
一彦　いえ、亀三郎。だってこれは表彰モンの快挙じゃありませんか。
すみれ　そうなんですけど、それだけじゃ文化財資料にも指定されなくて。密航者でも、向こうで一旗揚げれば、石碑が建ったりするんですけどねぇ……
波子　見たことないわ。亀三郎の石碑は……
すみれ　すぐに強制送還されてしまったんです。
力也　（明日香に）ほれみぃ……
すみれ　ところが懲りないんですよ。二年ぐらいたって、また漁師をそそのかして……
波子　また行ったの！
すみれ　ええ。今度は七十日もかかってアメリカに着いて……
明日香　（力也に）聞いた？　二度も横断に成功したんじゃ。

力也　（明日香に）石碑は建っとらんぞ。
すみれ　また強制送還です。飢えでやせ細ってヒョロヒョロだったそうです。おまけに銅山の仕事で肺を病んでいて……
波子　じゃ、そのままここで……
すみれ　ところが、また行ったんですよ。また漁師をそそのかして。
明日香　三度目も成功じゃあ！
すみれ　いえ、今度はそのまま行方知れずになってしまって……

皆、ちょっと落胆のため息。

一彦　駆け落ちの行方知れずはホッとしたけど……
波子　でも、ぐっとスケール大きくなりましたよ、この家は……

涼が戻ってくる。互いに声のかけにくい間。

涼　涼、喫茶店のないとこって初めて来た。

と、皆の間を通り抜けて奥へ。

波子　さ、始めようか。

すみれ　これ、資料室で預かります。じゃ、引き続き大物を探しますんで……（と、カンテラを持ち、出ていく）

波子　無理しないでよ。

一彦　さ、やろうやろう。

明日香　あの……（と、顔が強ばっている）

波子　あ、ごめんね。もう涼とは私が組むから……

明日香　すいません、私、今日はもう……

波子　え……

明日香　ちょっと、これから用があって……

波子　そう……

明日香　すいません。明日は必ず……

波子　涼にもよく言っとくから、あんまり気にしないで……

明日香　言わなくていいです。すいません……

と、土間に降りる。

波子と一彦、困った顔を見合わせるが、

一彦　じゃあね、気をつけて……
明日香　はい……

波子、一彦、奥へ去る。
明日香、座敷にあったバッグを持つ。

力也　バイクで送ろか？
明日香　ええ。
力也　送っちゃろわい。ちょっとかかるけん。
明日香　ええって！
力也　怒りっぽいのぉ。何があったんぞぉ。
明日香　東京の女の子って、わけわからん……
力也　今の子？
明日香　波子先生の姪よ。
力也　手伝うとるが？
明日香　邪魔しとるだけよ。
力也　明日香ちゃん、まだ東京に行きたいんか？

明日香　東京なんか、飛行機で一時間よ。行きたかったらいつでも行けるわ。
力也　そうよ。大したとこじゃないで。
明日香　東京なんか笑っちゃうよ。行くんなら太平洋横断でしょう。
力也　ワシ、アメリカは大嫌いよ。オレンジの輸入自由化で怨みがあるけんのぉ。
明日香　みかんも大変じゃなぁ……
力也　いよいよ正念場よ。生産調整厳しゅうなって、古いみかんの木は切らんといけんがじゃけん。み～んなアメリカのご機嫌とりよ。アメリカの輸入オレンジ増やすんが政府の方針じゃけん。オヤジは泣いとった。ひいじいちゃんの植えたみかんの木ぃ切るときに。ワシは泣かんかったぜ。ワシは怒るのが筋やと思う。
明日香　さっきはごめんな……
力也　え？
明日香　ちょっと謝りたくなったけん……
力也　いや、亀三郎だって偉いよ。
明日香　あんたも偉いよ……

間。

力也　ほいでなぁ、明日香ちゃん……

明日香　何……

力也　明日、みかん山ホールに、松山千春が来るじゃろ。

明日香　ああ、騒いどるね。

力也　ワシ、チケット手に入れたんよ……二枚。

明日香　私は行けんよ。

力也　まださそとらへんが……

明日香　あんただってコンサートに行っとる場合じゃないやろ。輸入オレンジに負けんようにせんと。

力也　たまには息抜きも必要ぜ。この後、ポンカン、伊予かん、デコポンと続くけんのぉ。

明日香　……

力也　ほいでな。頑張って人員を手配したんよ。明日の夜はあけとこと思て。

明日香　私は行けんて。

力也　まださそとらへんが……

涼が戻ってくる。座敷に置いてあったバッグから、薬を出し、腕や首に塗る。

涼　（ちょっと愛想笑いして）かゆくなっちゃった。何かいるわ、ここ……

明日香　（反応せず）……

涼　（明日香に）帰るんですか？

明日香　はい……

涼　もしかして、私のせい？

明日香　いえ、こちらの都合で……

涼　ふぅん、じゃいいけど……

と、奥へ去る。

明日香　コンサート、行くわ。

力也　えっ……

明日香　たまには息抜きせんと……

力也　ほしたら、六時半頃迎えにくるけん。七時開演じゃけんの。

明日香　うん……

力也　ここにおるんじゃろ？　ここに迎えに来たらええんか？

明日香　うん……

光太、通りから入ってくる。

光太　（二人を見て）……

明日香　じゃあね……

明日香、力也に微笑んで去る。

光太　亀三郎……
力也　ちぃと太い話を聞いたもんじゃけん。ここに昔、亀三郎という男がおってな……
光太　お前、ちぃと目ぇが妙なぞ。
力也　真面目な話しとったんよ。
光太　ええ雰囲気じゃなぁ……

力也、いきなり井戸の蓋を開けて覗く。

光太　どがいしたん？
力也　亀三郎もこうやって井戸を覗いたんやろうな。そして思うがよ。いつまでも井の中の蛙でおってはいけん。言うだけのことは言うてみんと……
光太　亀三郎は何言うたんよ？
力也　知らん……
光太　なぁ、千円貸してくれんか。たった千円。井戸に捨てたと思たらええが。

力也　（光太をキッと睨み）……

光太　なぁんも、返すけん……

力也　（ポケットから、たたんだ札を一枚抜き取り）とっとけや、一万円。（と、差し出す）

光太　ええんか？

力也　亀三郎に感謝せぇ。

光太　（井戸を覗き）誰か知らんけど、ありがとうさんです！

力也　お前もどっちかにしたらどうなんよ。ここで踏ん張るか、それともヨソで一旗揚げるか。男は二つに一つじゃけん。

通りから、不二男が入ってくる。

不二男　（力也に）何をさぼっとんじゃ、お前は！

力也　来たな！　見つけたぞ！

不二男　ワシがお前を見つけに来たんじゃ！　みかんがよぉけたまっとるわい！　あれ、誰が運ぶんぞ！

力也　そりゃこっちの台詞じゃが！　ひょいと見たらおらんがじゃけん！

不二男　ワシはずうっと隣におった！　お前はワシが隣におっても、見えんようになったんじゃ！

力也　はよ来いや！　みかんがたまっとる！（と、外に出る）

不二男　それはこっちの台詞じゃが！（と、追う）

表でバイクの音。「おい、後ろに乗せていけや！」と叫ぶ不二男の声。
光太、何となく井戸の中を覗いてみる。そのまま、井戸の底に向かって大声を響かす。
明日香が戻ってくる。

光太　（井戸に蓋をし）忙しいのぉ。行ったり来たりして……

明日香　気持ちが行ったり来たりするけん……

光太　どっかで飲もか？　俺がおごるけん。

明日香　昼間っから何言いよん……

光太　メシでもええよ。一万円あるんじゃけん。（と、ポケットから札を出して開き）あっ、これ二千円札じゃ！

明日香　お金がほしいんなら、ちゃんと働きなはいや。

光太　俺は働く意味がわからん……

明日香　また気取ったこと言うて……

光太　明日香は働いて楽しいんかなぁってよう思うんじゃ。サナギのお尻見て、こっちがオスで、こっちがメスじゃいうて分けとって楽しいか？　メスの蛾にオスの蛾ふりかけて、交尾するとこじいっと見とって楽しいんかなぁ？　よいよエッチな仕事やなぁ……

明日香　（睨み）……

光太　えらいと思とるよ。伝統産業を守っとるんじゃけん。

明日香　私は無理して守っとるんじゃないよ。ローカルに生きる意味を考えたいんよ。

光太　グローバルに生きたかったんやないんか？　東京の大学に落ちてから、急にローカルがええいうて言い出して……

明日香　私は目が覚めたんよ。この町を知れば知るほど、ここに生きる誇りがわいてくる。ここにどんな深い世界があったかがわかる。それが本当のグローバルなんよ。一つの地域を知ることが世界を知ることに通じるんじゃて。

光太　通じたからいうてメシは食えんぞ！

明日香　あんた、どっかに行ってしもてや。

光太　……

明日香　あんたを見とると、悲しゅうてならんけん……

明日香、出ていく。

光太、座敷に寝転がる。

波子、出てきて、明日香の後ろ姿を見送る。古道具を詰め込んだ行李を抱えている。

波子、寝ている光太をわざと跨いで土間に降り、井戸の傍に行李を置く。

波子　あ〜こりゃよっこらどっこいしょと……

光太　……ご苦労さんです。
波子　（糸繰車《いとくりぐるま》を取り上げ）これ、わかる？
光太　糸繰車じゃろ。
波子　おや、多少は物を知ってんだね。
光太　そんなガラクタどがいするん？
波子　あんたがガラクタと思うモンは、だいたいこの世の宝なんよ。今に見てなさい。役場の資料室に展示されるけん。
光太　そんなん、だぁれも見に行かんわい。

波子、光太の傍に腰かける。

波子　幸せそうだね。ますます……
光太　おお、幸せのまっただ中よ……
波子　私は不幸のまっただ中よ。これもあきらめられん、あれもあきらめられん……
光太　ホントに不幸そうじゃなぁ。よいよ湯気がたっとる。
波子　（光太を起こし）さぁ、私の顔をよぉくご覧。私が今、何を言いたがっとるか。
光太　一緒に働けと言いたがっとる。
波子　（光太の頭を小突き）誰がそんなこと思いますか。あんたの判断はいっつも間違うとるんだから……

光太　開店じゃのに、何しとる。店を手伝わんかと言いたがっとる。
波子　よぉけ間違うてくれるねぇ。その逆のことを言いたいがよ。
光太　逆のことなら、今しとるが。
波子　しとらん、光太は、しとるつもりで。
光太　……
波子　菓子職人になりたくなかったら、さっさと好きなことやればええのに、中途半端に後ろめたがって……（また、光太を小突き）古くさいんよ、あんたは！　たまにはやりたいことやって、強制送還されてみぃ！
光太　よう言うなぁ。建てモンはとっとけいうてうるさいくせに……
波子　この建てモンは、いろんな人が移り住んで守ってきたんよ。大黒屋の味だって、継ぎたい人が継げばええ。いつまでも血筋にとらわれとるから……

涼が駆けてくる。

涼　ネズミがいる！　壁の隅っこに穴があいてる。
波子　そう、じゃこの機会に仲良くなんなさい。
涼　おばちゃま、ネズミと仲良くしたらどうなるか知ってんの？　伝染病の患者になるのよ。やだぁ、またかゆくなってきちゃった……

光太、笑う。

波子 （光太と涼を両方睨み）かゆがって、笑ってなさい。もうアテにせんけん！（と、奥へ）

涼、居残ってグズグズしている。
光太、外に出ようとする。

涼 あのう……
光太 はい？
涼 このへんに、喫茶店とかないんですか？
光太 ありますよ。ちょっと離れとるけど……
涼 ……
光太 案内しましょうか？
涼 そこ、水洗トイレですか？
光太 そうじゃったと思いますけど……
涼 じゃ、お願いします……

光太と涼、外へ去る。
波子、また行李を抱えてくる。涼がいないのが気になり、土間に降りて、通りを見る。
一彦も木箱を抱えてくる。波子は通りを見つめたまま。

一彦　涼さんは？

波子　光太と歩いてます。

一彦も傍に来て通りを見る。

波子　あの歩き方は帰る歩き方でしょうか？

一彦　さぁ、どうなんだか……

波子　声をかけた方がいいと思います？

一彦　それは、ご希望によりますけど……

波子　戻ってほしくないんですね？

一彦　いえ……

波子　相当ひどいですか、あの子？

一彦　まだ一日目ですから……

波子　東京で会うとあんなじゃないんですよ。言い訳っぽく聞こえるかもしれませんが、あれはあれでなかなか……
一彦　呼ぶなら呼ばないと、どんどん行っちゃいますよ。
波子　呼ぶのもシャクです。帰らせるのもシャクだけど……

と、中に戻る。一彦も続く。

一彦　まぁ、東京までは帰らないでしょう。
波子　油断はなりませんよ。あのまんま帰って、後で荷物を送れとか、史上最大の自己チューですから
……
一彦　まだまだどうして、ここで決めちゃ、変わるんですから……
波子　お子さん、いらっしゃるんですね？
一彦　……
波子　余計なことでした。削除。
一彦　男の子が二人います。もう二人とも三十越しまして……
波子　ああ、じゃ、それぞれにもう……
一彦　ええ、もう、正月に会うくらいで……
波子　私はいないんです。どうするどうするなんて言ってるうちに離婚しちゃって……
一彦　ああ……

波子 さ、じゃ二人だけでいきますか……（と、立ち上がる）
一彦 あの、どうして離婚を？
波子 ……
一彦 削除。（と、奥に戻ろうとする）
波子 夫がどういう人だったのか、事件が起きて初めてわかったんです。
一彦 （立ち止まり）……
波子 お互いに中学教師だったけど、別の学校にいたもんですから……
一彦 （それとなく聞く態勢で）……
波子 私は職員室で「瞬間湯沸かし器」なんてあだ名をつけられて、すぐ点火するって意味なんですけど、自分じゃ管理教育と闘ってるつもりでした。何かにつけ、生徒を並ばせろだとか、号令をかけさせろだとか、そういうの、自分のクラスでだけは、やりたくなかったんです。夫も応援してくれました。あの人は、従う人間より、考える人間を育てろってのが口癖で、それを聞くたびに、まだやれる、少なくとも、明日はやれるって、そう思えて……でも、クラスはどんどん乱れていく。遠足のときだって、私のクラスだけが集合時間に遅れて、先生からもPTAからも責められる。また彼に相談する。彼が励ます。また頑張る。また責められる。怒ってうちまで乗り込んでくるお母さんもいましたよ。でもある日、見たこともないお母さんが乗り込んできて……彼の生徒の親でした。そばには、鼻のへし折れた男の子が立ってる。彼が殴ったんですって。あの人、いつの間にか、体罰教師に変身してたんです。岸って苗字だったんですけど、「向こう岸」なんて

あだ名がつけられてたことも、そのとき初めて知りました。彼に殴られると、一瞬あの世が見えるんですって……（と、少し笑う）

間。

波子 さ、始めましょうか……
一彦 どうして彼は、あなたを励ましたんでしょう？　自分は違うことをしてたのに……
波子 未だに謎です。
一彦 自分のできないことをやってほしかったんだ、そうですよ、きっと……
波子 それとも、私がつぶれるのを待っていたのか……
一彦 いやいや、自分が変わってしまったからこそ……
波子 あのう、あなたは、いったいどういう……
一彦 え？
波子 どういうお仕事をなさって……
一彦 ああ、セールスマンですけど……
波子 セールスマン。何の？
一彦 え〜、保険です。生命保険。
波子 生命保険。そうですか……

一彦　さ、始めましょうか。

波子　私、生命保険、入ってないんですよ。死んだ後なんて、どうでもいいと思ってたもんですから。
　でも、こうなったら入りますよ。どこの生命保険です？

一彦　いや、ここで営業は……

波子　後で書類でも送っていただけます？　必ず入りますから。

一彦　実はもう退職いたしまして、今はフリーです。

波子　フリー。じゃもう悠々自適？

一彦　そうもいきません。そろそろ次の仕事を探さないと……

波子　はぁ、次のお仕事を……

一彦　さあ、始めますよ！　今日中に母屋を終わらせないと……

　と、先に立って行く。波子、少しぼんやりしてから追う。

5

翌日の夕方。明日香、厨房で洗い物をしている。
通りから、不二男がくる。

不二男 来たぞな〜、あ〜こりゃよっこらどっこいしょと……
明日香 (厨房から出て) 今日はええの？
不二男 いよいよ大詰めじゃけんのぉ。みかんの選別はうちのモンに任したが。
明日香 へぇ……（と、割り切れぬ顔）
不二男 どうぞ？　姪っ子はよう働いとるか？
明日香 来とらんがよ、まだ……
不二男 えっ、今日はずうっと来とらんがか？
明日香 うん。ゆうべ、帰って来んかったらしいわい。
不二男 ありゃりゃ……
明日香 携帯にも出んのじゃて。東京に帰ってしもたかと思て電話したけど、そっちにもおらんし。
不二男 そりゃどういうことなんぞ……
明日香 波子先生、落ち着かんで大変よ。
不二男 そりゃそうじゃろ。先生と姪っ子、喧嘩でもしたがか？

明日香　ようわからん。私、昨日は途中で抜けてしもたから……

勝年がくる。

不二男　あ〜、その顔はまた禍《わざわい》を連れて来よったな。
勝年　波子先生呼んでくれんか。
明日香　はい……（と、奥へ）
勝年　（不二男に）お前も向こうに行っとれや。
不二男　お前な、ここの大黒様の飾り瓦はいっつもニコニコ笑《わろ》とるんぞ。せめてあれだけでもとっといたらどうぞ？
勝年　お前にやらえ。ムカツクけん、早よ向こうへ行きないや。
不二男　お前がそがいな顔しとるけん、多鶴ちゃんもあがいな顔になってしもたんよ。ワシゃ心配しとるがよ。あがいなガラス張りの店で、こがいな真っ暗な顔がスケスケになっとるんぞ。とんだ営業妨害じゃ……

波子、奥からくる。続いて、明日香。

不二男　先生、今日は死ぬまで働きますけん……

波子　（苛ついて）ハイ、じゃ直ちにお願いします。高いとこが飛び飛びに残っとるけん、あれが何とも気持ち悪うて……

明日香　ほら、直ちに……（と、不二男をせかす）

不二男　あ〜あ、恋をせんとや生まれけん、か……

不二男、明日香、奥に去る。

勝年　何ですか、今朝の電話は……

波子　ごめんなさい。ちょっと光太クンに聞きたいことがあって……

勝年　光太がおらんこと、知っとったんじゃないんですか？

波子　いえ、あの、帰ってらっしゃいました？

勝年　まだです……

波子　そうですか……

勝年　アイツは帰らんこともようあるんで、イチイチ気にせんようにはしとるけん……先生、何ぞご存じなんですか？

波子　姪が帰って来ないんです。昨日の夕方、光太クンと一緒にここから出てったんで、それで、ちょっと気になって……

明日香　（飛び出て）何で一緒に出ていったん？

不二男と一彦も続いて出てくる。

一彦　(明日香に) いや、そこを並んで歩いてただけで、一緒に出てったのかどうかは……

波子　そう、並んで歩いとるの見ただけよ。

明日香　一緒よ、それ。一緒に帰ってきとらんのじゃけん……

不二男　駆け落ちかのぉ……

波子　駆け落ちいうんは、抵抗勢力があって初めてできるんじゃけん……

不二男　ほじゃけん、実測調査が抵抗勢力になってしもて……

明日香　(不二男に) ただのドロップアウトよ、艶《なま》めかしく言わんといてや。

勝年　あれは気ぃが弱いけん、自分から誘うようなことは……

明日香　そうでもありませんよ。プライドがのうなって、開きっぱなしのチューリップじゃけん……

波子　(立ち上がり) ハイ、心配すんのやめよう! (また座り) 自分の意志で出ていったんじゃけん、(また立ち) どこでどうなろうと……

勝年　浮いたり沈んだりせんでくださいや……

すみれがくる。

すみれ　集まってますねぇ……
波子　そうよ、すみれちゃんが遅いってみんなで憤慨しとったがよ。
すみれ　そやけん、またお土産を持って来ましたよ。この家からまた大物が出現しとりました。（と、紙袋を持ち上げる）
波子　糸繰車、大物が使ってたの？
すみれ　正確には、糸繰車を使っていた養蚕農家の子が大物だったことになります。（と、紙袋から帽子を取りだし）これ、古着の行李から出てきたモンですけど、裏に名前がありますでしょう。（と、波子に渡す）
波子　（見て）宇都宮……これ、譲《ゆずる》と読むのかしらん……
すみれ　ユズルです。宇都宮譲。それ、パイロットの帽子ですよ。
不二男　養蚕農家の倅がパイロットになったんか？
すみれ　ところがそれ、女の子ながよ。譲って、男みたいな名前じゃけど……
明日香　え、じゃあ女のパイロット？
すみれ　そう。大正時代に養蚕農家の娘が大空を駆けめぐったんです。
明日香　大物ですよ、名誉町民！
不二男　そんなん、ワシゃ聞いとらんぞ……
波子　そうねぇ、石碑も建っとらんし……
一彦　だけど、女性パイロットは今だって珍しいでしょう。あの時代に女の子が飛行訓練を受けるなんてことは……

すみれ　メチャクチャ難しいですよ。女の子が飛行機の本を読んどるだけで、「突拍子もない女子やなぁ」とあきれられたんですから。譲がここに住んでた大正時代には、アメリカからパイロットが来て、曲芸飛行なんか見せて回って……

不二男　おお、うちのじいちゃんは見たんと。松山の練兵場じゃったかなぁ、がいなかったとぉ、連続三回宙返りとか、まっ逆さまになって錐もみするとかのぉ……

すみれ　何万人も見に来て、大フィーバーですよ。たぶん譲もそれを見て、「私もやっちゃろわい」って、発奮したんじゃないですか。それからが曲芸飛行よりえらい騒ぎで、親は「何ぬかすんぞ!」って自宅軟禁……

明日香　あの屋根裏じゃないかなぁ?　外から鍵がかかるようになっとる。

一彦　あれかもしれんね、おかしいと思ってたんだ……

すみれ　それをね、どう脱出したもんか、譲はたった一人で東京まで行ったんですよ。それから、昼は助産婦、夜はカフェーの女給として働きまくり、とうとう千葉の飛行学校に入学したんです。

波子　やっと手に入れた帽子なんじゃねぇ……(と、被ってみる)

一彦　おお、譲ちゃん……

波子　ブルブルブル、ブォンブォンブォン……

明日香　何ですかそれは……

波子　飛行機のプロペラの音。ヒュ〜ッ……

すみれ　その頃になると、譲の姉ちゃんたちも応援する気になったらしいんです。あの糸繰車回しながら、譲にお金を送るようになったんですけど……
不二男　よぉけかかるんじゃろ、飛行学校は。
すみれ　そうながよ。その上、譲が事故を起こしてしもうて……
波子　墜ちたの？
すみれ　（頷き）本人は無事じゃったっんじゃけど、飛行機破損で弁償せんといけんようになって……

一同、ため息。沈黙していた勝年が突然立ち上がり、

勝年　ほしたら、パイロットの免許は？
すみれ　（申し訳なさそうに首を振り）……
明日香　何じゃ〜、とっとらせんの……
すみれ　ごめんな……
不二男　そりゃ、とっとりゃ「雲のじゅうたん」よ。朝ドラのヒロインになっとるが。
明日香　すみれさんの大物は、なかなか全国区になれんなぁ……
一彦　いやいや、それでもあっぱれ、あっぱれ……
波子　そうよ。町並みくらぶで表彰状でも出さんといけんね。

不二男、いきなり土間に降り、井戸の蓋を取って覗く。

勝年　また井戸じゃ……

不二男　譲ちゃんも、この井戸の水を飲んだじゃろのぉ。そして、思うがよ。水は汲めどもつきんのに、何で金はつきるんじゃ……

勝年　そんなこと思わせせんわい。

不二男　おんなじ水を飲んどきながら、お前の方はまぁ……

波子　でもこの家はどんどん血が通ってくる。いろんな人の熱い思いが飛び交ったんよ……

一彦　次が期待されますねぇ、江戸、明治、大正ときて……

不二男　昭和からは駄目ですらい。コイツんとこが買いましたけん。

勝年　小者ぞろいですいませんねぇ。解体はあさってですけん。

波子　さ、始めようか……（と、帽子をとる）

表で力也の声。

力也　ハ〜イ〜、おるかなぁ！（と、入ってくる）

不二男　どがした、めかしこんで……

力也　オヤジ、何でここにおるんじゃ！

不二男　ワシャここが大詰めじゃけん、今晩のみかんの選別は……
力也　今晩はワシは選別できんて、前から言っとったろが。今晩は……
不二男　ああ、重要会議があるいうて言うとったな。そりゃ、どこの重要会議ぞ？
力也　そりゃもちろん、青年団よ。
不二男　そがいにめかしこんで青年団か？
力也　説明しとる暇ないわい。はよ帰って選別してや！
不二男　今晩は母ちゃんもやっとるけん、そう心配せんでもええがよ。サト坊とブンちゃんも来とるやろ。
力也　サト坊とブンちゃんはワシが手配したんぞぉ。ほじゃけど、監督するモンがおらなんだら……
不二男　あれ、サト坊とブンちゃんは青年団に行かんのか？
力也　ほじゃけん……
明日香　あのう、私のことならええよ。私やっぱり行けんから……
力也　行けんのぉ！　明日香ちゃん行く言うたのに、行けんのぉ……
明日香　ごめんなさい。こっち、なかなか終わらんけん……
不二男　こりゃ、帰ってみかんの選別せぇ！　重要会議はいつでもできる。
力也　重要会議はそうはないわい！
不二男　松山千春はまだ当分生きとるじゃろ！　この家は、あさって死ぬんぞ！

力也、出ていく。

すみれ　落札じゃ……

波子　辛いとこだね……

不二男　親の目の前で振られおって。恋愛に縁のない血筋じゃのぉ……

と、奥へ去る。明日香、すまなそうに続く。

波子　（勝年に）涼のことは気にせんでください。こっちで何とかしますけん……

と、勝年に一礼する。横でさらに深く頭を下げる一彦。

二人は一緒に奥に去る。

すみれ　（二人を見送り）う～ん、そうかぁ……いうて、何がそうなんじゃろ……

勝年　……

すみれ　お店はどがい？　お客さん入っとる？

勝年　入ってくる人は多なったな。買うていくとは限らんけど。

すみれ　これからじゃね。ええ兆しよ。

勝年　進んどるが、実測は？

すみれ　母屋が終わりそうで終わらんのよ。陽の高いうちは、蔵の方も始めたけんね。力が分散しとるがよ。

勝年　そんなら、はよ行って手伝うちゃれや。

すみれ　カッちゃんを見送ってからにしょうわい。

勝年　ワシはまだここにおるけん……

すみれ、勝年に譲の帽子を被らせる。

すみれ　入った。譲ちゃんて、頭大きい子やったんやな。

勝年　やめや……（と、帽子を脱ごうとする）

すみれ　（勝年の手を上から押さえ）カッちゃん、ここ壊すん辛かろ。

勝年　動かんよ。解体はあさってじゃけん。

すみれ　カッちゃんが悪いんじゃないんよ。どこにも受け皿がないのが悪いがよ。県指定の有形文化財になったって、修理費の補助が出るだけじゃけん。こういう建てモンは残せんようになっとるんよ。

勝年　実測はちゃあんと終わるんかのぉ……

すみれ　どうじゃろ、ちょびっと残るかもしれんね……

勝年　はよ手伝いに行っちゃれや。
すみれ　カッちゃん残して行くのイヤよ。ここでまっ暗な顔するんじゃろ。
勝年　ワシねぇ、暇なわけじゃないんよ。
すみれ　ほやけん、はよ行きなはいや。プチ噴火が待っとるけん。
勝年　ああ……（と、苦しみだす）
すみれ　この帽子も展示しょうわい。カッちゃんと同じ水を飲んだ人じゃいうてなぁ……
勝年　もうっ、後どこが残っとるがぞ。（と、座敷に上がる）
すみれ　カッちゃん、手伝う気？
勝年　手伝わんよ、見るだけよ……

と、奥へ行こうとする。波子が駆け戻ってくる。

波子　私ったら、忘れモンばっかり……（と、軍手やメジャーなどを探す）
すみれ　カッちゃんが手伝ってくれるそうです！
波子　えっ……
勝年　違うよ、ワシは……
すみれ　やりましょう一緒に。どうせウロウロしとるんじゃけん。
波子　ありがとう、カッちゃん！

奥からは、勝年に拍手しながら、一彦が出てくる。

勝年　ああっ……

勝年、すみれにせかされて去る。
波子と一彦、一瞬笑顔で見送るが、

一彦　メジャーも軍手もこっちにありましたよ。（と、見せる）
波子　あらやだ……（と、受け取る）
一彦　少し休んだ方がいい。勝年さんまで手伝ってくれるんですから。
波子　だって、気がせいて……
一彦　脚立、取られちゃったんですよ。明日香組に。
波子　もうっ、ちゃんと守ってくれなきゃ困るじゃないですか。
一彦　だって、あなたがメジャーがないって騒ぐから……
波子　明日香組はとったらなかなか返しませんよ。私はすぐ戻るからって、脚立にしがみついててくれなくちゃ。
一彦　僕の脚立にはしがみつきましたよ。でも、あなたの脚立は向こうにあって……

波子　そういうときは、とっちゃ駄目だと大声で叫ぶんです。
一彦　叫んだけど、説得力がなかったんです。あなたは、今日何度も登っちゃ降り、登っちゃ降りで探し物を……
波子　じゃ、脚立待ちですか？
一彦　そういうことです。あいたら不二男さんが呼びにくるから、おとなしく休んでください。
波子　ああ、心は駆けめぐっとるというのに……（と、寝転がる）
一彦　それでヨシ。こういうときは、バッと寝て、バッと起き……

波子、バッと起き、携帯電話を出してかける。が、しばらく呼び出し音を聞いた後、またそのまま寝転がる。

一彦　……出ませんか。
波子　留守電になってます。入れる気もせん……
一彦　大丈夫だとは思いますが……
波子　何でわかります、そんなこと……
一彦　あなたに今、悪いことは起こらないと思うから。

間。

波子　あなたのカン、当たりますか？
一彦　そう外れたことはないですね。
波子　じゃ、実測間に合いますか？
一彦　間に合います、必ず。
波子　ずいぶんはっきり言うんですね。
一彦　必ず間に合わせますから。
波子　脚立、とられちゃったくせに……

間。

波子　じゃ、涼は今どこにいます？
一彦　たぶん、この近くだなぁ。戻ろうかどうか迷ってる。
波子　何でわかります、そんなこと……
一彦　決断の時間だからです。もうすぐ晩ご飯休憩でしょう。ここで戻れば、まぁキリがいいわけで、ここをのがすと戻りにくい。
波子　じゃ、ゆうべはどこにいたんです？
一彦　それはやはり……

波子　光太と一緒ですか？
一彦　別々だとは考えにくいでしょう……
波子　信じられんのです、そういうことが。昨日、初対面でしょう？　あの子、東京でもそんなふうなのかしら、初対面でいきなり……
一彦　あの、海を見ていたとか、そういう可能性だってあるんですよ。
波子　海を？　光太と？
一彦　そりゃありますよ、海を見て、ただ語らうということだって、若い頃には、そりゃあるでしょう。
波子　言い訳としては、よく聞きますねぇ……
一彦　僕はホントに語りましたよ。海を見ながら、一晩中。
波子　誰と語り合ったんですか？
一彦　そりゃ、女の子もいましたけど、口説こうなんて思いもよらない。夜の海ってのはあなた、語る気にさせるんです。
波子　もうええですよ。そうムキにならんでも……

間。

一彦　あなたはないんですか、海を見て、語り明かすというようなことは……

波子　私は泳げん男とばっかり……ばっかりって、お友達ですよ。泳げない人が多かったんで……

一彦　泳ぐんじゃないんですよ。語り合うんですよ。

波子　ほじゃけど、泳げん男は、海で語ろうとしないんですよ。

一彦　あの、「向こう岸」さんも？

波子　ああ、あの人も平泳ぎで二十メートル……

一彦　じゃ今度、海を見に行きましょう！

波子　……

一彦　なぁんて……削除。

波子　何で削除するんです。行ったっていいですよ、海ぐらい……

一彦　そうですよね、すぐそこじゃけん、行きましょう、この実測調査が終わったら、乾杯しましょう、海辺で打ち上げじゃ。

波子　山倉さん……

一彦　はい？

波子　ここには、いつ頃までいらっしゃるんですか？

一彦　ああ、考える暇もなかった……

波子　解体の日にはおられますか？

一彦　いますよ、もちろん……

波子　よかった。解体の日、私はどうしようかと思ってたんです。見にくるのもようせんし、かといってうちでじっとしとるのも……

一彦　そうですね、そのときをどう迎えればいいのか……

波子　一緒にいてくださいますか？　どこにおったらええのかようわかりませんけど……

一彦　そうしましょう。とにかくどこかで一緒にいましょう。

波子　よかった……ああ、眠くなってきた……

一彦　はよ寝てください。脚立があいたら起こしますけん。

ためらいがちに開く格子戸。涼が顔を覗かす。

涼　……どうもすいませんでした。これからは真面目にやります。

波子　（起き）涼！　あんた今までどこに……

涼　……

一彦　え〜と、じゃ、脚立があいたら呼びにきます。よく戻ってきてくれたねぇ。

と、涼に笑顔を向けて去る。

波子　涼、ホントにやれるの？　イヤなら無理せんで帰ってええのよ。

涼　やる！　やりたい。すっごい反省した。

波子　もうかき回されると困るんよ。ラストスパートじゃからね。
涼　うん、わかっとる……
波子　わかっとる？
涼　うん……
波子　うんじゃなくて、わかっとるなんて、急にこっちの言葉になって……
涼　おばちゃまのがうつったのよ。
波子　あんた、ゆうべどこにいたのよ？
涼　空港まで行ったんだけど、何かそれも違うと思って、また戻って、ビジネスホテルに泊まって、そいで、ずっと考えてたの。
波子　光太クンと出てったよね？　おばちゃまそこから見たんだから。
涼　あの子、光太クンていうの。駅までの道、教えてくれた。
波子　ホントにそれだけ？
涼　え、どういうこと？
波子　いや、いいんだけど……
涼　みんなに挨拶してくるね。ちゃんと謝って、一緒にやらせてもらうから……

涼、笑顔で去る。波子、そのままいる。

6

翌日の夜。
蔵の方から、脚立を抱えて走り込む勝年とすみれ。二人、梁の下に、あわただしく脚立を立てる。
勝年、メジャーを持って脚立に上がる。下で支える、すみれ。

勝年　うわっ、えらい埃じゃが……（と、梁の埃を吹く）
すみれ　ハイ、これ……（と、数段登り、雑巾を渡す）
勝年　う〜、これも百四十年の埃かのぉ……（と、梁の一部を拭く）
すみれ　足りん？　ほしたらこっちも……（と、雑巾をもう一枚渡す）
勝年　（また拭き）まだ足りんわぃ。ざらざらもしてこんが……
すみれ　（三枚目を渡し）適当でええのよ。大掃除やないんやけん。
勝年　いけんいけん！　埃の厚みまで測ってしまうが……
すみれ　神経質やねぇ。はよ測りぃ。

勝年、梁を拭くうちに、一点を見つめて沈黙する。

すみれ　どがいしたん？

勝年　字が書いてある……
すみれ　何て……
勝年　文久元年上棟……
すみれ　ああ、そうよ。ここ、文久元年に建ったんやけん。
勝年　そうよて、簡単に言うなや。これは、ここを建てた大工の字ぞ。ようやっと棟上げして、晴れがましい思いで書いたがぞ。
すみれ　そうやね。私も見とこか……（と、脚立に登る）
勝年　まだ測っとらんが……
すみれ　ええけん、のいてや。ちょっと見るだけよ。

勝年、用心深く数段降り、すみれに譲る。

すみれ　ああ、ホントじゃ。墨で書いた鮮やかな字やねぇ……
勝年　すみれちゃん、測ってや。ワシ、目にゴミが入ったけん……（と、しきりに目をこする）
すみれ　カッちゃん、これ見たの初めてなん？
勝年　初めてやないよ。忘れとったけど、ひいじいちゃんに見せられたが……
すみれ　そうか。ひいじいちゃん、知っとったんやね……（と、ポケットからメジャーを出し、梁に巻きつける）

勝年　そやけん、その埃は百四十年の埃じゃないわい。ひいじいちゃんがのうなってからの埃じゃ……
すみれ　（メジャーの目盛りを読み）一一〇・五。
勝年　よいよきっちりした数字やなぁ。埃の厚みも入っとらせんか？
すみれ　一ミリ二ミリの誤差は出るわい。
勝年　メジャー、曲がっとるぞ。も一回測ってみぃ。
すみれ　（笑い）うるさいんやけん、もう……

厨房から茶道具を持ち、多鶴子が出てくる。

多鶴子　ご精が出ますなぁ……
勝年　（ギョッとして）来とったんか……
多鶴子　亭主が手伝うとるのに、女房が何もせんわけにはいかんでしょう。
勝年　今日が最後じゃけん手伝うとるだけよ。お前は何にもせんでええが……
すみれ　すいません。お茶碗、洗うてくださったんですね……（と、降りてくる）
多鶴子　新しいお茶も持ってきました。
すみれ　助かります。みんなよぉけ飲むんで……
勝年　ええがな、おアイソなんか言わんで……
すみれ　（勝年に）やめなはいや……

多鶴子　（笑い）どっちが女房だかわかりませんなぁ……

埃だらけになった波子、蔵の方から飛び出す。

波子　コラァ！　脚立泥棒！

と、言ったとたんに、自分のまいた埃で咳き込む。

すみれ　（駆け寄って、波子の埃を払いながら）すいません、ちょっと測り残しが見つかったんで……
勝年　この梁の太さ、測り忘れとったでしょう。ポコポコとそういうのが見つかるけん……
波子　後で総点検することになっとろうがね！
すみれ　ほやけど、時間が……
勝年　脚立、一つあいとったけん、あいとるモンは有効利用せんと……
波子　あいとったんじゃありません！　すぐ使おうと立てかけとったんよ！（と、また咳き込む）
多鶴子　えらい埃ですいませんなぁ……
波子　いえ、埃なんてあなた、これしきのことは覚悟の上で……（と、また咳き込む）
すみれ　先生、うがいしてください。そろそろ休憩時間もとらんと。
勝年　多鶴子がお茶を持ってきましたけん……

波子　まぁ、よう気ぃつこうてくださって……

と、厨房へ。すみれも続く。
波子のまき散らした埃で多鶴子も咳き込む。
一彦と涼、蔵の方から、一緒に古道具を運んでくる。

一彦　悔しいねぇ。こういう強引な略奪は明日香組の手口に違いないと思ったんだけど……

と言いながら、古道具を所定の位置に置く。

涼　ね、涼のカン、的中！
一彦　やっぱり、すみれ勝年組だったか……
涼　あっ、脚立みっけ！

すみれ　（厨房から出て）また賭けとったの？
涼　うん。これで涼がこの扇風機も〜らい！
勝年　そんなん、もう動かんよ。
涼　いいんです。飾っとくだけじゃけん。
波子　（出てきて）駄目よぉ、勝手に決めちゃ。すみれちゃんにまず見てもらって……

すみれ　大正時代でしょうかね、これ……
勝年　そうよ、ひいじいちゃんがもろたんじゃけん。
すみれ　こういう扇風機は資料室にもありますから……
涼　やった！　も〜らい！
多鶴子　お茶いれてもかまんですか？
波子　あ、はい……
すみれ　すいません……（と、手伝う）
涼　明日香組、呼んできまぁす！

と、奥へ走る。

一彦　涼ちゃん、大活躍だ。
波子　多少は反省したかもね。
一彦　衣裳蔵がこんなにはかどったの、涼ちゃんのお陰ですからね。やっぱりプロの動きしてますよ。
波子　そんな、あの程度で、そんな……

と、嬉しそうに一彦の背を叩く。舞い上がる埃。

一彦　（埃にむせながら）なれますよ、プランナーに。現場の苦労知るのが一番じゃけん。（と、波子を叩く）

波子　（咳き込み）まだ褒めんでください。まだ油断はなりませんけん。（と、一彦を叩く）

二人、互いの衣服から埃が舞い上がるのがおかしくて、さらに叩き合う。

勝年、すみれ、多鶴子、あっけにとられて見ている。

波子、一彦、ようやくその視線に気づき、叩き合いをやめる。

不二男、明日香、涼、奥から来る。

不二男　あ～こりゃよっこらどっこいしょと……（と、座敷に寝転がる）

明日香　手ぇぐらい洗いなはいや。（と、土間に降りる）

不二男　どうせまた汚れるんじゃけん……（と、横になる）

涼　おしぼりがありますけん、待っててください。

波子　おしぼり？

涼　夕飯休憩のとき買っといたの。だんだん手ぇ洗うのもメンドくなるでしょ。（と、明日香を追い越し、厨房へ）

すみれ　鋭い！

不二男　ええ子じゃのぉ、助かる……

明日香　手ぇぐらい自分で洗いなはいや！（と、厨房へ）

一彦も厨房へ。

波子　さぁ、じゃお茶をもろて、後ひと踏ん張りじゃ。（と、座敷へ）
不二男　間に合いますかねぇ。米蔵がまだ手つかずじゃけん……
波子　そのことじゃけど、母屋の残りと、衣裳蔵が終わったら、皆さんは引き上げてください。米蔵は、私と涼と山倉さんでできるとこまでやりますけん。
すみれ　徹夜ですか？
波子　気楽に行くがよ。ようせんかったら、ようせんってあきらめるけん。
明日香　（厨房から出て）私もやります！
波子　まだ決めんでええが。その時の気分でええのよ。
一彦　（手を拭きながら出てきて）そうよ、波子組の三人は、明日は爆睡できるんじゃけん、お仕事のある人は無理せんでもええが。
不二男　（笑い）もうすっかり日暮町の人じゃのぉ……
一彦　（笑い）いっそこのまま住み着いてしまおうかのぉ。
不二男　ほじゃけど、そいではマジソン郡の橋にならんが……
すみれ　これ、ふざけとる場合やないよ。

波子、居心地悪くなって、土間の方に移動する。

涼　ハ〜イ、おしぼりですよぉ！（と、出てきて、不二男の方へ）
不二男　おお、天使の宅配便じゃ……（と、受け取る）
明日香　無精モン！　トイレでも手ぇ洗わんのじゃろ。
涼　（脚立に座ったままの勝年に）ハイ、どうぞ……（と、数段登っておしぼりを差し出す）
勝年　あ、どうも……（と、受け取る）
多鶴子　（勝年に）降りてきなはいや。お茶はいっとるのに……
勝年　ええけん、ここで……
涼　あ、じゃ……（と、勝年の茶を持って脚立に登る）
すみれ　危ないよぉ……
勝年　（涼に）後でもらいますけん……
涼　まぁ、遠慮せんで……（と、勝年に茶を手渡す）
勝年　（受け取り）ご馳走さんです。
多鶴子　（勝年に）そんなとこから、熱い雨降らさんといてよ。
勝年　帰らんと降らすぞ……
すみれ　カッちゃん！

多鶴子　叱ってくださらんでも結構よ。うちの人じゃけん……
波子　ああ、おいしいお茶だねぇ……
一彦　ここで飲むとまた格別ですよ……（と、さりげなく波子の傍に移動する）
不二男　ここでお茶飲むのも今日で最後か……
すみれ　言わんといてや、それ……
不二男　波子先生、解体は見に来んのですか？
波子　まだ迷うとる……
すみれ　私は明日駅伝の相談よ。駅伝の話なんてできるかなぁ……
不二男　ワシゃ山におるけん、山からこっちに手ぇ合わせるが。
明日香　私、見るけん。会社休んで見届ける。
波子　明日香は強いねぇ。どうしようか、波子組……（と、一彦を見る）
不二男　先生、米蔵で寝てしもて、一緒に解体されんでくださいや。
一彦　（笑い）この家と心中か……
涼　（笑い）よいよ恐ろしいなぁ……
明日香　私が起こすよ。私もきっと米蔵におるけん……
すみれ　カッちゃんは、どうするの？
多鶴子　うちのはよう来ません。店がありますけん。

光太が格子戸を開ける。

波子　おや、幸せモン、どうしたが？
光太　手伝うちゃろかと思てのぉ……
勝年　何抜かすか、店も手伝わんといて……
一彦　まぁまぁ、とりあえずお茶でも飲んで……

涼と明日香、同時に茶道具の方へ立つ。

明日香　ええですよ。私がやりますけん……
涼　（引き下がって、光太に）昨日は、駅までの道教えてくれて、ありがとうございました。
光太　ああ、行けましたか？
涼　行ったんですけど、またここに戻りました。
光太　そうですか、ちっとも知らなんだ……
不二男　駆け落ちかと期待したんじゃがのぉ……
明日香　まだそこで止まっとるん！（と、光太の前に茶碗を置く）
波子　光太、マジでやる気？
光太　おお……

波子　じゃ、光太への新人教育は誰に任せようか……
明日香　涼さんがええんじゃないですか？　プロですけん。
波子　涼、やってくれる？
涼　うん……
一彦　ヨシ、じゃ光太クンも波子組だ。
勝年　そんなん本気にせんでくださいや。た～だ冷やかしに来たんじゃけん……（と、また梁の太さを測っている）
すみれ　カッちゃん、そこはもう測ったがね……
勝年　書いたか、ちゃぁんと？
すみれ　あ……
勝年　ほれみぃ、一一〇・八。
すみれ　あれ、さっきはどうやったかな？
多鶴子　一一〇・五。三ミリ増えましたなぁ。
すみれ　カッちゃん、埃も測ったんやないの？
勝年　ワシゃきっちり測ったが。
すみれ　増えるんはおかしいて。私のメジャーが曲がっとったなら。
多鶴子　この人は正確よ。小豆の分量じゃて、砂糖の分量じゃて。
勝年　ワシが曲がっとった。一一〇・五。

すみれ　はい。（と、ノートに書き入れ）先生、この梁、大工さんの筆の跡があるんです。文久元年上棟って。

波子　あらぁ、見せて見せて……

と、脚立に駆け寄る。一彦、明日香、不二男も駆け寄るが、

波子　（急に踵を返し）いい、見ない。今そういうモンは見ん方がええ。

不二男　え、何でですか？

明日香　鈍いなぁ……

一彦　じゃ、後で写真でも撮っときましょう。（と、戻る）

明日香も戻るが不二男だけは居残り、

不二男　ワシャ鈍いけん、ちぃとのいてや。

勝年　（どかず）イヤよ、お前なんかに見せらせんわい。

不二男　コイツ、子供の顔になっとるぞ。

すみれ　カッちゃんはな、子供のときにあの字を見たんと。

不二男　へぇ、首でもくくろうとしたんかえ。

勝年　ひいじいちゃんに見せられたがよ。壁に落書きなんかするとな、ワシをおんぶして梯子に登って、必ずこの字を見せたもんよ。ほれ、この字を見ぃや。百年前の大工さんが、晴れがましい思いで書いたがぞ。この字を見たら、家を粗末に出きんじゃろて。

不二男　こりゃひいじいちゃんのお告げかのぉ。お前がその字を見るように、そこだけ測り忘れたんじゃ。

多鶴子　解体は変わりませんけん。

勝年　わかっとるわい！

すみれ　カッちゃん、その梁もろたら？　解体屋さんに頼んだらええがな。

勝年　イヤじゃあ、こんなん、とっとくん！

不二男　そんなら、のけや。ワシが目ぇに焼きつけといてやるけん。

勝年　うるさい！

不二男　（笑い）子供じゃ、よいよ子供になっとる。

　　涼、笑う。

光太　みっともないが！　はよ降りんかぁ！

波子　ええがよ。休憩時間じゃけん……

間。

すみれ　カッちゃんのひいじいちゃん。ちょっとだけ覚えとるよ。私らが小学校の頃、まだお元気やったもんねぇ……

不二男　小うるさいじいちゃんじゃったのぉ。頼みもせんのに、うちの段々畑にきよってのぉ、段の数数えたり、みかんのでき具合見て回ったり、そいで文句をつけるんじゃけん……

勝年　お前んとこのじいちゃんがよう居眠りしとったけん、たたき起こしに行ったんじゃが！

すみれ　うちにも「どがいぞぉ？」て見回りに来たよ。イワシはよう獲れとるか？　サワラはどうぞいうて。

勝年　気に病んどったがよ。だんだん魚が獲れんようになって……

すみれ　紡績工場の女工さんとこにも、お菓子持って行っとったじゃろ？

不二男　ほうよほうよ、店の前にその床几出して、女工さんが通るの見とったわいなぁ。

勝年　お前のように、スケベな目ぇで見とったんじゃないぞ。女工さんが元気で働いとるか、確かめずにはおれんかったがよ！

勝年、脚立を降りて井戸の前に走り、蓋を開ける。

勝年　毎朝、ここの水汲んで、水浴びしとった。この水はええ水じゃ、和菓子は水が命ぞ言うてなぁ。

おんなじ水で身ぃ清めてから、そこ（厨房）に入って行ったんよ……

光太　馬鹿な話聞かすなや！

勝年　お前に菓子職人の心がわかるか！

光太　た〜だのローカルなじいさんじゃ。

明日香　これがホントのグローバルよ。自分のことだけやのうて、この町全体を考えとった。大したひいじいちゃんやないの。

波子　そうやね、昭和になっても、ここには大物がおったんや。

一彦　認定！　町並みくらぶの名誉町民！

勝年、井戸の蓋を持ったまま、立ちつくしている。

光太　いつまでトンマな格好しとんじゃ！　はよ井戸に蓋をせぇや！

多鶴子　何ぞなお父さんにそがいな口きいて……（と勝年の手から蓋をとり、井戸に戻す）

波子　さぁ、始めましょう！

一彦　さ、やろうやろう！

波子　ほれ光太、脚立を持ってきてちょうだいよ。

波子、一彦、蔵の方へ去る。

不二男　（大急ぎで脚立に登り、梁の字を見る）あった！　文久元年……

すみれ　やめなはいな！

と、勝年を気にする。勝年は井戸の傍に座っている。
茶道具を片づけ始める多鶴子。涼と明日香も後片づけ。

すみれ　（多鶴子に）あ、どうぞそのまま……

多鶴子　はよお仕事に戻ってくださいや。その方がカッちゃんも喜ぶでしょう。

すみれ　すいません。そんなら……（と、勝年を気にしながら奥へ去る）

不二男　（脚立をたたみ）おお、写真のフィルム、足りんかったな。

明日香　もうコンビニにしかないよ。

不二男　ほいたら、ひとっ走り行ってくるけん。（と、出ていく）

光太、所在なげにうろついている。

明日香　光太クン、脚立……

光太、脚立の前に来て勝年を睨みつける。
勝年、気が抜けたように座っていたが、光太の視線に気づいて見返す。

光太　（そのとたんにソッポを向き）波子組ってどこやるん？
涼　衣裳蔵。あっちよ。
光太　どこにあるかは知っとるわい！
涼　そうか、自宅じゃけんなぁ……

光太、乱暴な足取りで脚立を運んでいく。
ついて行く涼。
明日香、多鶴子、それぞれの思いで光太を見送る。
明日香、そのまま奥へ。

多鶴子　あんた、まだやるの？
勝年　……お前に話しとったかなぁ。ひいじいちゃんは三十九歳で、ようやっとここを手に入れたんぞ。やっと独立よ。初めて自分の店を持ったがよ。
多鶴子　嬉しかったろなぁ……
勝年　そりゃ嬉しいわい。本町通りの大黒屋を手に入れたんじゃけん。毎日、隅から隅まで歩いたと。

ワシのうちぞ、ワシの店じゃ言うてなぁ……（と、ちょっと歩いてみて）残したいのぉ、この家……

多鶴子 あんた、今日まで残したんよ。あんたが今日まで頑張ったこと、だぁれもわかっとらせんのよ。ほじゃけど、ひいじいちゃんはわかっとるよ。きっとあの梁の上から、ようやったと褒めとるがね。

勝年 ああ、残したいのぉ……

多鶴子 明日一日の辛抱よ。ここが売れて、国道の店を買うてしまえたら、光太の腰も据わってくるがな。ここを売って、希望を買うんよ。

勝年 ここ壊して、それでも売れんかったら、どんなに後悔するかのぉ……

多鶴子 そんときは駐車場にでもして貸したらええがな。

勝年 駐車場……

多鶴子 自信持ってや。あんたはひいじいちゃんの味を立派に守っとる。一番大事なモンを守っとるんじゃけん。

勝年 ここ、駐車場になってしまうんか、車のタイヤが踏みつけるようになるんか……（と、土間にしゃがみ込む）

多鶴子 生きていくんよ、あんた。生きとるうちは、生きていかんと……

不二男がせわしく戻ってくる。

不二男　あ〜こりゃよっこらどっこいしょっと……

勝年、立ち上がり、奥に去る。

多鶴子　（勝年に）あんた！
不二男　（ちょっと勝年を見送ってから）多鶴ちゃん多鶴ちゃん多鶴ちゃん、三べん。（と、笑う）
多鶴子　（笑い）何それ……
不二男　多鶴ちゃんが笑うてくれるかと思てのぉ……

多鶴子、不二男に近づき、いきなりその両肩に触る。

不二男　（驚愕し）どがいしたん……
多鶴子　（不二男の肩をなでさすり）あんた、肩コブないんやねぇ……
不二男　肩コブ？
多鶴子　私の小さい頃はなぁ、みかん畑で働く男は肩に大きい荷コブがあった。天秤棒でみかん担いで上げ下ろしするんじゃけん……
不二男　あんなコブ、今でもあったら困るがな。
多鶴子　私なぁ、こうやってお父ちゃんの荷コブ触るの好きやったんよ……

不二男　多鶴ちゃん、やめや、妙な気分になってくるが……

多鶴子　ないなぁ、ホントにどこ探しても……

不二男　ワシ今ちぃと危ないんよ。変に刺激せんといてや……

波子と一彦、コソコソと蔵の方からやってくる。多鶴子と不二男の姿に一瞬戸惑うが、すぐに座敷に上がり、奥に去る。

多鶴子　さ、私はこれで帰ろ。

不二男　ありゃ、もう終わり？

多鶴子　うちの人に言うといてや。私は解体が終わるまでここには来んて。

不二男　うん……

多鶴子　（家を見回し）さいなら！　ありがとう！

と、出ていく。ポカンと残っている不二男。

波子と一彦、梯子を持って奥から来る。追って勝年。しばらくして、すみれ。

勝年　コラァ！　梯子泥棒！

波子　ちょっとだけ貸してや。脚立だけでは足りんのよ。

勝年　すみれ組は脚立もないんぞ。梯子だけが頼りなんよ。
一彦　ほじゃけど、今はあいとったでしょうが？
勝年　（梯子を奪い取り）これからすぐ使います。ポコポコと測り残しがあるけん。
波子　それはだから、後でまとめて……
すみれ　貸そや、カッちゃん。後で総点検するんやけん。
勝年　いけん！　あんたらに任しとったら、いつまでも完成せん。雑なんやけんとにかく、あっちポコポコ、こっちポコポコ……（と、梯子にしがみつく）
不二男　おい、子供、何しとんじゃ……
波子　いや、ええよ。こっちは何とかしょうわい……
不二男　明日香組の脚立、貸しましょか？
すみれ　それ早う言わんかな！
不二男　あ〜あ、肩コブ荷コブか……

と、不二男が動きかけたとき、

一彦　カッちゃん、この家、残しましょうか？

皆、一瞬動きを止める。

一彦　だってカッちゃん、ポコポコが問題なんじゃないんでしょう？　線や数字でこの家を残したいわけじゃないんでしょう？

波子　山倉さん、今それを言い出すと……

一彦　でも、でもね、あまりに考える時間がなさ過ぎましたよ。それをね、お互いが仕方ないとあきらめる、悪い癖がついちゃってんだ。癖ですよこれは、論理じゃない。癖を論理と間違えてんだ。この家、百四十年も生きたんですよ。それを癖で片づけようだなんて。せめて論理で、知恵で、知性で……

勝年　何言うとるかわからんが……

一彦　いや、だから、これだけのオトナが顔そろえてんだから、オトナの知性を働かせましょうと、そういうことを言うとるが！　ごめんなさいね、怒っちゃって。いや実際、行き所のない怒りを覚えます。

明日香　（出てきて）あのう……

一彦　いやいや、今日は言わせてちょうだい。皆さん方はね、そりゃのんびりしたええ人たちよ。ですが、そこがいけんのじゃ！　そのスローテンポが！　巨大資本の！　使い捨て文化の！　餌食になるんですわい！　この家、よう見てみなさい。百四十年前の大工が！　左官が！　技をこらしたこの家を！　これをゴミにするために、急いで実測するなんて！　そんなことに知恵を使うて！　知恵は保存に向けてこそ……

波子　お願いよ、誰か止めてよ、私、また火がつきそうじゃけん……
すみれ　山倉さん、カッちゃんはもうすっかり参っとりますけん、これ以上苦しめるようなことは……
一彦　カッちゃんは解体するんで苦しんどるの！　だから、解体やめればええの！
波子　あなたはもうっ、この期に及んで、何言い出すんですか！　ここは喫茶店にしても素敵じゃろうし、画廊になってもオツなもんじゃし、ああいう古道具も展示して、みんなの集会場にしたら、ああ、どんなにええじゃろか！　今の人間が、この古い家にイキイキと出入りして、昔の暮らしを想像したり！　昔の人の思いを知ったり！　そこにつながる時間の中に、今の自分がおると感じる！　そういうことが、どんどんやりたくなってきちゃうじゃないですか！
一彦　だから、今こそそういうことを……
すみれ　民間だけでは無理ですよ。古い町並みの残っとるとこは、だいたい行政が観光収入見込んで力を入れとります。ほじゃけど、日暮町役場は、とてもそこまで……
一彦　ほじゃけん、別の手を打つんです！　このＩＴ時代にインターネットも使わんで、町内だけの問題にとどめて、た〜だため息ついとるとは……
波子　ああ、もう駄目じゃ。カッちゃん、解体延期しましょう！
不二男　キャンセル料とられますよ。
波子　そんなの、私が払います！
一彦　（波子と同時に）そんなの、私が払います！
勝年　ああ……

波子　カッちゃん、やってみようや。この家は、日暮町にとってもよう似合っとる。日暮町の光と風と雨と空気が建てた家なんよ。
一彦　そうそう、人柄も風土も無視した、コンクリートの箱じゃないけん。
波子　こういう家がのうなることは、日暮町がのうなることよ。どこ行ってもおんなじような近代建築が並んどったら、どこに住んどるのかわからんようになる。地域の心が失われるんよ。

涼が蔵の方から駆け込む。

涼　おばちゃま！　光太クン、暴れ出しちゃって、いろんなもん、壊してる……
勝年　光太が？
涼　あそこに農具があったでしょ、あれ振り回して……

皆は蔵の方へと動く。
が、先に、鋤を持った光太が現れる。
光太、奇声をあげて鋤を振り上げ、傍らの壁を打ち壊す。

光太　この家は俺が壊しちゃる！
勝年　バカタレが！　こっち寄こせ……

と、光太から鋤を奪おうとする。渡さない光太。
二人の争いはだんだん激しくなる。

波子　光太、やめなさい！

一彦、不二男が止めに入るが、光太は鋤を振り回して暴れる。

涼　おばちゃま！　警察に電話していい？

波子　ちょっと、ちょっとそれ待って！

光太、厨房へ、井戸へと移動し、鋤で叩いて回る。
一彦、勝年、不二男、三人がかりで梯子を持って応戦。
光太、弾みで座敷に跳ね上がる。

明日香　（光太の前に出て）やめてや！

勝年　（座敷に上がり）光太、やめ、な、やめ！（と、ペコペコ頭下げる）

光太　（かえって逆上し）やかましい！

と、勝年に鋤を振り上げる。奥に逃げ込む勝年。追う光太。

奥で物の壊れる音。逃げ戻る勝年。追って光太は鋤を振り下ろす。よけて、勝年は土間に落ちる。

一彦、不二男、梯子の先で光太の身体を挟み込む。

光太の顔を上着でくるむ明日香。

後ろから突進して光太の足を押さえる波子。

すみれと涼、光太の鋤を引き抜く。

勝年、座敷に駆け上がって、光太を殴る。

光太、土間に転げ落ちる。

勝年　出ていけ！　お前はもう勘当じゃ！

皆、荒い息のまま茫然としている。

一彦、光太を助け起こそうと手をのばす。

光太　（その手を払いのけ）波子先生、このお遍路、どういう人なんか知っとるか？
波子　……
光太　建設会社の営業なんと。

不二男　えっ！

光太　古い木造建築を見つけては、「壊して建て替えませんか」て言うて回っとるらしいが。あの子が教えてくれたんよ。（と、涼を指差す）

涼　そんなこと言ってないわよ！

光太　ゆうべ俺に言うたろが。あのお遍路、どっかで見たことがある。たぶん、学校に教えに来た男じゃ……

涼　嘘よ！　ゆうべ、あんたと一緒になんかいないもん！

光太　（一彦に）どうなんぞ？　あんた、この子の学校で講義したことあるんやろ？　あの手この手で古い家をぶっ壊して、建て替えさせる話、したんやろ？

涼　ムチャクチャよこの人！　私、何にも言ってないから！

光太　お前、それで戻ってきたんやないか。建設会社の営業に取り入って、ええとこ就職できんかなぁって。

明日香　もうやめてや！　山倉さんは、あんたの家を残せんかとついさっきまで……

光太　お前らみんな大馬鹿じゃあ！　日暮町は馬鹿ばっかりじゃ！

光太、走り出ていく。

押し黙っている一彦。

不二男　ええやないか、建設会社の営業でも。それはそれ、これはこれっちゅうことで……

すみれ　何言いよん、山倉さんは保険会社にお勤めやったんよ。

外にバイクの止まる音。

力也　ハ〜イ〜、おるかなぁ！（と、入ってきて）ホレ、今日のみかんよ。一番ええとこ選んできたけん！（と、みかんの籠を差し出す）

不二男　おお、ええ子じゃ。次の重要会議は行ってもええけん。

力也　重要会議はそうはないわい！

すみれ　あるあるまだある！　明日香ちゃん誘うて行きなはいや。

力也　どがいしたん？　急にアイソようなって……

不二男　な、明日香ちゃん、たかが重要会議じゃけん、一ぺんぐらいは行ってやってや。

明日香　（頷き）……

すみれ　落札じゃ！

力也　ワシゃ忙しいけん、行けるとは限らん。この後、ポンカン、伊予かん、デコポンと続くけんのぉ。

と、出ていく。元気のいいバイクの音。

すみれ　さ、始めろや！
不二男　やろうやろう！　もうちょびっとじゃ。
すみれ、不二男、明日香、奥に去る。
急いで荷物をまとめる涼。
波子、一彦、勝年は動かない。
涼　おばちゃま、ごめんね。涼帰る……（と、出ていく）
波子、涼を追おうとするが、
勝年　（一彦に）一つ教えてくださいや。あんたは何でこがいなことを手伝うたんぞな？
一彦　……
勝年　何でここを残したいなぞと……
すみれ、不二男、明日香、妙に明るい顔で戻ってきて、

すみれ　カッちゃん！　明日香組が脚立貸してくれると。はよポコポコの退治しょや！

勝年、すみれたちに促されて去る。

格子戸の傍で見ている波子。

一彦、勝年を見送ると、荷物を取りに座敷に上がる。

波子　……帰るんですか？

一彦　（曖昧に頷いて、土間に降りる）……

波子　あなたがここで言ったこと、あなたがここでやったことは、全部本当のあなたでしょう？

一彦　……

波子　いてください。あなたが出て行く理由はないんですから。

一彦　やっと夢から覚めました。何をしにここに来たかを思い出した。

波子　……

一彦　再開発の下見に来たんです。ここには古い建物が多いと聞いて……

波子　でも、でも、あなたは迷子になったじゃありませんか。あなたは、別の心に迷い込んだ、もう一つの自分の心に……

一彦　……

波子　もうしばらく迷子でいてください。一緒に解体の日を迎えてください。一緒に海辺で打ち上げを

一彦　……

波子　解体されんようにしてください。あなたの力で、みんなの力で、何とかここを、この姿のまま……

一彦　ほじゃけん、一緒にそうしましょう！

波子　まだわからないんですか！　僕はあなたの敵なんです。

一彦　……

一彦、鞄からノートを出す。

波子　これ、あなたに。米蔵の実測調査の記録です。（と、差し出す）

一彦　米蔵？　米蔵、終わってるんですか？

波子　毎朝早く来てやりました。いいタイミングでこれを出して、みんなをビックリさせたかった。いや、みんなじゃない、あなたです、あなたをビックリさせたくて……

一彦　（受け取って）……

波子　大丈夫。米蔵で夜を明かすなんてことにはなりませんよ。

一彦、波子の肩を抱く。そして、戸口へ。

波子　山倉さん！

一彦　日暮町は開発に適さないと報告します。日暮町はそういう町ではなかったと……

一彦、波子に深く頭を下げ、格子戸を開ける。

波子　お遍路さん！　帰ってきなはいや！　あんたは迷子になったんじゃやけん！

一彦、格子戸の外に消える。
恐る恐るノートを開いてみる波子。何ページにも渡る一彦の記録。
波子、開いたままのページを胸に押し当てる。
波子の目に本町通りの古い町並みが甦る。

—幕—

参考文献　岡崎直司「魅惑の町・保内」（Ａｔｌａｓ、１〜９号）
増川宏一「伊予小松藩会所日記」（集英社）

上演記録

二兎社二〇周年記念公演・四国市民劇場共同企画
二〇〇一年十一月十日（土）〜十二月九日（日）四国市民劇場
　　十二月十三日（木）〜二十七日（木）シアタートラム

■スタッフ

作・演出　永井　愛
美術　大田　創
照明　中川隆一
音響　阿部洋子
衣裳　竹原典子
音楽　後藤浩明
演出助手　吉村　悟
舞台監督　小山博道
舞台監督助手　竹内章子
方言指導　井上夏葉
擬闘指導　菊池竜志
プロンプター　日沖和嘉子
制作　弘　雅美
　　安藤ゆか
　　福永友紀
　　矢澤絵里奈

■キャスト

堀江波子　渡辺美佐子
山倉一彦　高橋長英
清家勝年　浅野和之
清家多鶴子　駒塚由衣
清家光太　辰巳　蒼
水間不二男　酒向　芳
水間力也　島川　直
二宮明日香　小山萌子
堀江涼　須藤幹子
得能すみれ　大西多摩恵

あとがき

この芝居は、四国市民劇場（演劇鑑賞団体）と二兎社の共同企画作品として書いた。ここに描いた事柄は、四国取材で得たエピソードをもとにしている。

町並み保存や近代化遺産の調査に深く関わる岡崎直司さんからは、貴重なお話を伺うことができた。そもそも私は、季刊誌「Ａｔｌａｓ」に連載された岡崎さんのエッセイ「魅惑の町・保内（エキゾティック・ストリート）」を読んで、四国に飛んで行ったのだった。解体寸前の旧家に駆け込み、自力で実測調査を行った岡崎さんの熱意は、私と四国をも結んでくれる、演劇の入り口に違いないと興奮していた。

今回もどれだけの人に助けられただろう。

鈴木美恵子さん（松山市民劇場）、栗栖忠士さんは、終始取材に同行してくださった。木村明人・明美夫妻は、炎天下の案内役を買って出てくださった。宇都宮菜乃さん、那須弘さん、兵頭孝健さんも、突然の訪問客を快く迎えてくださった。井上夏葉さん（劇団青年座）は、一緒に書いたと言えるほどエネルギッシュに南予言葉の指導をしてくださった。

そして、遅れた台本をモノともせず奮闘した役者、スタッフの皆さん。公演ごとにこの芝居を鍛えてくださった四国市民劇場の皆さん。
「どの瞬間も残しておきたいわい」と、南予言葉でつぶやいている。

二〇〇一年十二月

永井　愛

永井　愛（ながい　あい）

1951年　東京生まれ。桐朋学園大学演劇専攻科卒。

1981年　大石静と劇団、二兎社を旗揚げ。1991年より二兎社主宰。

1997年度芸術選奨文部大臣新人賞受賞（演劇部門）

主な作品

「カズオ」「時の物置」「パパのデモクラシー」（1995年度文化庁芸術祭大賞）「僕の東京日記」（第31回紀伊國屋演劇賞個人賞）「見よ、飛行機の高く飛べるを」「ら抜きの殺意」（第１回鶴屋南北戯曲賞）

「兄帰る」（第44回岸田國士戯曲賞）

「萩家の三姉妹」（第52回読売文学賞）

「こんにちは、母さん」

日暮《ひぐれ》町風土記《ちょうふどき》

2002年１月25日　第１刷発行

定　価　本体1500円＋税

著　者　永井愛

発行者　宮永捷

発行所　有限会社而立書房
東京都千代田区猿楽町２丁目４番２号
電話 03（3291）5589／FAX03（3292）8782
振替 00190-7-174567

印　刷　有限会社科学図書

製　本　大口製本印刷株式会社

落丁・乱丁本はおとりかえいたします。

ISBN 4-88059-285-4 C0074

装幀・松吉太郎

永井　愛

時の物置　戦後生活史劇３部作

1996.12.25刊
四六判上製
176頁
定価1500円
ISBN4-88059-219-6 C0074

二兎社を主宰しながら、地道に演劇活動を続けている永井愛は、自己のアイデンティティを求めて、戦後史に意欲的に取り組むことにした。これはその第１作。

永井　愛

パパのデモクラシー　戦後生活史劇３部作

1997.2.25刊
四六判上製
160頁
定価1500円
ISBN4-88059-226-9 C0074

前作「時の物置」は昭和30年代、日本に物質文明が洪水のように流れ込もうとした時代を切り取ってみせたが、この作では、敗戦直後の都市生活者の生態をとりあげる。文化庁芸術祭大賞受賞。

永井　愛

僕の東京日記　戦後生活史劇３部作

1997.3.25刊
四六判上製
160頁
定価1500円
ISBN4-88059-227-7 C0074

「パパのデモクラシー」では敗戦直後、「時の物置」では1961年を舞台にしたが、この作では1971年、70年安保の挫折から個に分裂していく人たちの生活が描かれている。第31回紀伊国屋演劇賞受賞作。

永井　愛

ら抜きの殺意

1998.2.25刊
四六判上製
152頁
定価1500円
ISBN4-88059-249-8 C0074

「ら抜き」ことばにコギャルことば、敬語過剰に逆敬語、男ことばと女ことばの逆転と、これでは日本語がなくなってしまうのでは……。抱腹絶倒の後にくる作者のたくらみ。第１回鶴屋南北戯曲賞受賞。

永井　愛

見よ、飛行機の高く飛べるを

1998.10.25刊
四六判上製
184頁
定価1500円
ISBN4-88059-257-9 C0074

「飛ぶなんて、飛ぶなんてことが実現するんですもん。女子もまた飛ばなくっちゃならんのです」——明治末期の時代閉塞を駆けぬけた女子師範学校生たちの青春グラフィティー。

永井　愛

兄 帰 る

2000.4.25刊
四六判上製
176頁
定価1500円
ISBN4-88059-267-6 C0074

「世間体」「面子」「義理」「人情」「正論」「本音」……日本社会に広く深く内在する〈本質〉をさらりと炙り出す。永井ホームドラマの傑作！
第44回岸田戯曲賞受賞。